诗收獲

2018年/春之卷

李少君 雷平阳

主编

长江出版传媒

长江文艺出版社

诗收获

2018年 春之卷

编委会

主　办：长江诗歌出版中心　中国诗歌网

编委会主任：吉狄马加
编委会（以姓氏笔画为序）：

　　冯明德　吉狄马加　朱燕玲　刘　川　刘　汀
　　刘洁岷　江　离　　李少君　李　云　李寂荡
　　吴思敬　张执浩　　张　尔　谷　禾　沉　河
　　林　莽　金石开　　胡　弦　泉　子　娜仁琪琪格
　　高　兴　商　震　　梁　平　龚学敏　黄礼孩
　　彭惊宇　谢克强　　雷平阳　潘红莉　潘洗尘
　　霍俊明

主　编：李少君　雷平阳
副主编：沉　河　金石开　霍俊明
编辑部主任：黄　斌
编　辑：一　行　祝立根　徐兴正　王家铭　谈　骁
编　务：胡　璇　王成晨

卷 首 语

　　汉语新诗有了过去时的百年史，现在开始的是新的一百年。《诗收获》创办于两个一百年的交界处，意在对过往的成就致敬，但其宗旨还是见证未来，与未来的无法预设的汉语新诗同行。

　　从理论上讲，在第二个一百年开始之时，我们理应对汉语新诗的发展向度做出多角度的预言，并据此强调我们的期待，预设一个我们幻想中的汉语新诗可能抵达的高度。但我们无意于此，无意给未来的暴雨和融化的冰雪，开辟人工的河床和人工的大海。《诗收获》不是同仁间的精神高地，亦非某几个写作流派的舞台，它的趣旨在于广泛地观察和展现未来汉语新诗写作的一切炫目景致，坐实幻觉与幻象，开显未卜与未知，提振诗歌的风雅与风骨。它的独立性体现在它尊重任何一种独立的、自由的、开创性的诗学追求。

　　《诗收获》按春、夏、秋、冬四季每年出版四卷。所选的诗作和批评文章除中国诗歌网的一个常设栏目外，均出自正式出版的文学刊物和诗歌作品集，热忱欢迎广大写作者和读者推荐、自荐优秀诗作及批评文章，与我们一道，共同办好这份全新的诗歌选本，为汉语诗歌新的一轮远征倾尽全力。

雷平阳

2018 年 2 月，昆明

诗收获

2018年 春之卷

目录

季度诗人 //

胡弦诗歌二十九首 // 胡弦 // 002
关于胡弦诗歌的四个关键词 // 何同彬 // 023
九章系列二十九首 // 陈先发 // 027
何谓九章,九章何为——陈先发近作印象 // 钟硕 // 051

组章 //

多多的诗 // 多多 // 058
纪念张枣 // 柏桦 // 063
黄灿然的诗 // 黄灿然 // 073
题画 // 西川 // 079
张新泉的诗 // 张新泉 // 086
余怒的诗 // 余怒 // 090
朱朱的诗 // 朱朱 // 095
叶辉的诗 // 叶辉 // 099
曾宏的诗 // 曾宏 // 106
垛楮 // 杜绿绿 // 113
世界隐秘的渴望 // 蓝蓝 // 118
桑克的诗 // 桑克 // 125
哨兵的诗 // 哨兵 // 130
李志勇的诗 // 李志勇 // 136
月色几分 // 张常美 // 142
张二棍的诗 // 张二棍 // 149
黄沙子的诗 // 黄沙子 // 154
杨沐子的诗 // 杨沐子 // 157
湖边之书 // 王单单 // 167
高春林的诗 // 高春林 // 174
春日山居 // 飞廉 // 177
张远伦的诗 // 张远伦 // 184
张凤霞的诗 // 张凤霞 // 191

诗集诗选 //

潘洗尘诗选 // 潘洗尘 // 198
吕德安诗选 // 吕德安 // 206
赵野诗选 // 赵野 // 216
泉子诗选 // 泉子 // 226
张翔武诗选 // 张翔武 // 233

域外 //

斯特内斯库诗选 // 〔罗马尼亚〕尼基塔·斯特内斯库著 高兴译 // 244

中国诗歌网作品精选 //

如今 // 缎轻轻 // 254

另一条河流 // 李满强 // 254

失眠帖 // 孙启放 // 255

长江在泸州 // 安琪 // 256

巴丹吉林小镇 // 古马 // 257

霜降 // 杨东晓 // 257

树林的隐喻 // 李克 // 258

这里 // 杨键 // 259

夏天的故事 // 孤山云 // 261

昌耀墓前 // 李不嫁 // 262

布洛涅林中 // 宋琳 // 262

苍茫 // 曾蒙 // 263

三分之一的午后 // 夏超 // 264

雪源 // 莫卧儿 // 265

献诗 // 雷武铃 // 266

春熙路的月亮与模特 // 程一身 // 267

演武桥下 // 簌弦 // 267

启示 // 连晗生 // 269

回乡动车 // 骆家 // 269

评论 //

新诗史与作为一种认识装置的"传统" // 冷霜 // 272

诗道鳟燕 2017 // 臧棣 // 278

21 世纪中国新诗的主题、精神与风格 // 王东东 // 287

季度观察 //

临床与诊治:分野的现场与"诗人形象"

——2018 年春季诗歌读记 // 霍俊明 // 302

《接近》
谭毅
45cm×50cm
布面丙烯
2017 年

季度诗人

胡弦诗歌二十九首

/ 胡弦

胡弦，现居南京，供职于《扬子江诗刊》。出版诗集《沙漏》《空楼梯》、散文集《菜蔬小语》《永远无法返乡的人》等。曾获《诗刊》《十月》《作品》《芳草》等杂志年度诗歌奖、闻一多诗歌奖、徐志摩诗歌奖、柔刚诗歌奖、腾讯书院文学奖、花地文学榜年度诗人奖等。

琥珀里的昆虫

它懂得了观察，以其之后的岁月。
当初的慌乱、恐惧，一种慢慢凝固的东西吸走了它们，
甚至吸走了它的死，使它看上去栩栩如生。
"你几乎是活的"，它对自己说，"除了
不能动，不能一点点老去，一切都和从前一样"。
它奇怪自己仍有新的想法，并谨慎地
把这些想法放在心底以免被吸走因为
它身体周围那绝对的平静不能
存放任何想法。
光把它的影子投到外面的世界如同投放某种欲望。
它的复眼知道无数欲望比如
总有一把梯子被放到它不能动的脚爪下。
那梯子明亮，几乎不可见，缓缓移动并把这
漫长的静止理解为一个瞬间。

夹在书里的一片树叶

愈来愈轻，厕身于错觉般的
黑暗中：它需要书页合拢，以便找到
故事被迫停下来的感觉。
书脊锋利，微妙的力
压入脉络，以此，它从心底把某些
隐秘的声音，运抵身体那线性、不规则的边缘。
"没有黑暗不知道的东西，包括
从内部省察的真实性。"
它愈来愈干燥，某种固执的快感在要求
被赋予形体（类似一个迷宫的衍生品）。
有时，黑暗太多，太放纵，像某人
难以概括的一生……

它并不担心，因为，浩大虽无止息，
唯一的漩涡却正在它心中。它把
细长的柄伸向身体之外
那巨大的空缺：它仍能
触及过去，并干预到早已置身事外的
呼啸和伤痛。"岁月并不平衡，你能为
那逝去的做点什么？"
许多东西在周围旋转：悬念、大笑、自认为
真理的某个讲述……
偶尔，受到相邻章节的牵带，一阵
气流拂过，但那已不是风，只是
某种寻求栖息的无名之物。
"要到很久以后，你才会知道发生了什么，
以及其中，所有光都难以
开启的秘密。"

有次某人翻书，光芒像一头刺目的
巨兽，突然探身进来，但
失控的激情不会再弄乱什么，借助
猎食者凶猛的嗅觉和喘息，它发现，
与黑暗相比，灼亮
是轻率、短暂的，属于
可以用安静来结束的幻象。
"适用于一生的，必然有悖于某个
偶然的事件……"当书页再次打开，黑暗
与光明再次猝然交汇，它仍是
突兀的，粗糙与光滑的两面仍可以
分别讲述……
——熟谙沉默的本质，像一座
纸质博物馆里最后的事，它依赖
所有失败的经验活下来，心中
残存的片段，在连缀生活的片面性，以及
某个存在、却始终无法被讲述的整体。

灯

一次是在谷底，他仰起头，深蓝的液体
在高处晃动，某种遗弃的生活如同
海底的石兽，时间，借助它们在呼吸。
"在这样的地方站得久了，
会长出鳃的。"他有了慌乱……
另一次是在山巅，几小块灯斑
像不明事物的胎记。他意识到，
所有的花瓣，都有扁平、不说话的身体。
——他在灯影里徘徊。有时，
走上黑暗中的楼梯，为了体验
严峻的切线边缘，某种激荡、
永远不可能被完成的旋律。
"光高于所有悬空的事物。"他发现，
恋人们接吻时，身体是半透明的。而且，
群山如果再亮些，真的会变成水母；但
沉浸在黑暗中，也有不可捉摸的愉悦。
群星灿烂。这已是隔世的
另一天，不必要再证明什么是永恒。一盏
熄灭的灯也是那留下的灯，疲倦光线
在最后一瞬抓住的东西，藏着
必须为之活下去的秘密。

讲古的人

讲古的人在炉火旁讲古，
椿树站在院子里，雪
落满了脖子。
到春天，椿树干枯，有人说，
那是偷听了太多的故事所致。

炉火通红，贯通了
故事中黑暗的关节，连刀子
也不再寒冷，进入人的心脏时，暖洋洋，
不像杀戮，倒像是在派送安乐。

少年们在雪中长大了，
春天，他们饮酒，嫖妓，进城打工，
最后，不知所踪。

要等上许多年，讲古的人才会说，
他的故事，一半来自师传，另一半
来自噩梦——每到冬天他就会
变成一个死者，唯有炉火
能把他重新拉回尘世。

"因为，人在世上的作为不过是
为了进入别人的梦。"他强调，
"那些杜撰的事，最后
都会有着落（我看到他眼里有一盆
炭火通红），比如你
现在活着，其实在很久以前就死去过。
有个故事圈住你，你就
很难脱身。
但要把你讲没了，也容易。"

后主

他喜欢投壶，饮酒，填词，把美人
认作美狐。
"雪是最大的迷宫。"他喜欢旧句子中
别人不曾察觉的意义。

——河山不容讨论，但在诗中是个例外。
他喜欢指鹿为马——雪给他造出过一匹马。
"雪并不单调，因为白包含的
总是多于想象。"
雪继续下，雪底的雕栏像输掉的筹码。
一个压低了的声音在说：
美哦，让人耽留的美，总是美如虚构！

北风

戏台上，祝英台不停地朝梁山伯说话。
日影迟迟。所有的爱都让人着急。

那是古老南国，午睡醒来，花冠生凉，
半生旁落于穿衣镜中。瓷瓶上的蓝，
已变成某种抽象的譬喻。

"有幸之事，是在曲终人散前化为蝴蝶……"
回声依稀，老式木桌上，手
是最后一个观众，
——带着人间不知晓的眷顾。

仲夏

小孩子爱哭，也爱破涕为笑。
一个驼子，最高的是背脊。
有人把药渣倒在路口，
祈祷它被车轧，被践踏，病被带走。

乱石无言语，蝙蝠多盲目。
池塘快干时，绿如胆汁。
一夜暴雨，小狗丢了衣裳，大狗丢了忧伤，

疯丫头，长成了村里最漂亮的姑姑。

烟缕

运走玉米，播撒麦种。
燃烧秸秆，烧掉杂草、腐叶……
已是告别的时辰，
就像烟缕从大地上升起。

年月空过，但仍可以做个农夫，
仍可栽枝栽树，种菜种豆，
无所事事地在田埂上散步，让旧事
变得再旧一些。

种子落进泥土，遗忘的草就开始生长。
万物在季节中，爱有的耐心，恨也有。
但这是告别的时辰，每一缕烟
都会带走大地的一个想法，
并把它挥霍在空气中。

小谣曲

流水济世，乱石耽于山中。
我记得南方之慢，天空
蓝得恰如其分；我记得饮酒的夜晚，
风卷北斗，丹砂如沸。

——殷红的斗拱在光阴中下沉，
老槭如贼。春深时，峡谷像个万花筒。
我记得你手指纤长，爱笑，
衣服上的碎花孤独于世。

溪瀑

——每次抬头，山
都会变得更高一些，仿佛
新的秩序在诞生、形成。
对于前程它不作预测，因为远方的
某个低处已控制了所有高处。
经过一个深潭，它变慢，甚至
暂时停下来，打转，感受着
沉默的群体相遇时彼此的平静，以及
其中的隐身术，和岩石的侧面
经由打磨才会出现的表情。
当它重新开始，更清澈，变得像一段
失而复得的空白。
拐过一个弯时，对古老的音乐史
有所悟，并试图做出修正。
——已来不及了，像与我们的身体
蓦然断开的命运，它跌落，被一串
翻滚的高音挟持，去深渊中
寻找丢失已久的喉结。

仙居观竹

雨滴已无踪迹，乱石横空。
晨雾中，有人能看见满山人影，我看见的
却是大大小小的竹子在走动。
据说此地宜仙人居，但劈竹时听见的
分明是人的惨叫声。
竹根里的脸，没有刀子取不出；
竹凳吱嘎作响，你体内又出现了新的裂缝。
——惟此竹筏，能把空心扎成一排，
产生的浮力有顺从之美。

闹市间，算命的瞎子摇动签筒，一根根
竹条攒动，是天下人的命在发出回声。

登越山记

我上山，想看看某人的庙，某人的坟，
某人赋闲后，怎样种花，饮茶，消磨戏文⋯⋯
某块顽石无名的孤愤。

在山顶，我想看看那曾在此远眺的人。
想我，也是这人间隐名
埋姓的王。而你曾是小妖，救国救民也祸国殃民。

一夜风吹，松针落，花雕和老圃安静。
——且把棘手的前生放在一旁，
我下山来：你已梳妆毕，正在山脚下等我。

过洮水

山向西倾，河道向东。
流水，带着风的节奏和呼吸。
当它掉头向北，断崖和冷杉一路追随。
什么才是最高的愿望？从碌曲到卓尼，牧羊人
怀抱着鞭子。一个莽汉手持铁锤，
从青石和花岗岩中捉拿火星。
在茶埠，闻钟声，看念经人安详地从街上走过，河水
在他袈裟的晃动中放慢了速度。
是的，流水奔一程，就会有一段新的生活。
河边，錾子下的老虎正弃恶从善，雕琢中的少女，
即将学习把人世拥抱。
而在山中，巨石无数，这些古老事物的遗体
傲慢而坚硬。

是的，流水一直在冲撞，摆脱，诞生。它的
每一次折曲，都是与暴力的邂逅。
粒粒细沙，在替庞大之物打磨着灵魂。

嘉峪关外

我知道风能做什么，我知道己所不能。
我知道风吹动时，比水、星辰，更为神秘。
我知道正有人从风中消失，带着喊叫、翅、饱含热力的骨骼。
多少光线已被烧掉，我知道它们，也知道
人与兽，甚至人性，都有同一个源泉的夜晚。
我的知道也许微不足道。我知道的寒冷也许微不足道。
在风的国度，戈壁的国度，命运的榔头是盲目的，这些石头
不祈祷，只沉默，身上遍布痛苦的凹坑。
——许多年了，我仍是这样一个过客：
比起完整的东西，我更相信碎片。怀揣
一颗反复出发的心，我敲过所有事物的门。

春风斩

河谷伸展。小学校的旗子
噼啪作响。
有座小寺，听说已走失在昨夜山中。

牛羊散落，树桩孤独，
石头里，住着一直无法返乡的人。
转经筒转动，西部多么安静。仿佛
能听见地球轴心的吱嘎声。

风越来越大，万物变轻，
这漫游的风，带着鹰隼、沙砾、碎花瓣、
歌谣的住址和前程。

风吹着高原小镇的心。
春来急，屠夫在洗手，群山惶恐，
湖泊拖着磨亮的斧子。

沙漠

——这从消逝的时间中释放的沙，
捧在手中，已无法探究发生过什么。
每一粒都那么小，没有个性，没有记忆，也许
能从指缝间溜走的就是对的。

狂热不能用来解读命运，而无边荒凉
属于失败者。
只有失去在创造自由，并由
最小的神界定它们的大小。而最大的风
在它们微小的感官中取消了偏见。

又见大漠，
又要为伟大和永恒惊叹。
而这一望无际的沙，却只对某种临时性感兴趣。
沙丘又出现在地平线上。任何辉煌，到最后，
都由这种心灰意懒的移动来完成。

丽水

品茶，听曲。
江水并不响应那曲子。
万物自在。

小城点亮了灯。
木槿花如往事。蜂蜜没有年纪。

曲子里，甲和乙调情，
误了过江。丙来到桥上。
一座老桥，暖如故人。

丹江引

河流之用，在于冲决，在于
大水落而盆地生，峻岭出。
——你知道，许多事都发生在
江山被动过手脚的地方。但它
并不真的会陪伴我们，在滩、塬、坪之间
迂回一番，又遁入峡谷，只把
某些片段遗弃在人间。
丙申春，过龙驹寨，见桃花如火；
过竹林关，阵阵疾风
曾为上气不接下气的王朝续命。
春风皓首，怒水无常，光阴隐秘的缝隙里，
亡命天涯者，曾封侯拜将，上断头台。
而危崖古驿船帮家国都像是
从不顾一切的滚动中，车裂而出之物。
戏台上，水袖忽长忽短，
盲目的力量从未恢复理性。
逐流而下的好嗓子，在秦为腔，
在楚为戏，遇巨石拦路则还原为
无板无眼的一通怒吼。

卵石

——那是关于黑暗的
另一个版本：一种有无限耐心的恶，
在音乐里经营它的集中营：

当流水温柔的舔舐
如同戴手套的刽子手有教养的抚摸，
看住自己是如此困难。
你在不断失去，先是坚硬棱角，
接着是光洁、日渐顺从的躯体。
如同品味快感，如同
在对毁灭不紧不慢的玩味中已建立起
某种乐趣，滑过你
体表的喧响，一直在留意
你心底更深、更隐秘的东西。
直到你变得很小，被铺在公园的小径上，
经过的脚，像踩着密集的眼珠……
但没有谁深究你看见过什么。岁月
只静观，不说恐惧，也从不说出
万物需要视力的原因。

在国清寺

晨光使殿宇有微妙的位移。
溪水，镇日潺潺却没有内容。
人要怪诞，并让那怪诞成为传说，给追忆者
以另外的完整性。
——譬如茶道：方丈正在熟练地洗茶。
这熟练是怪诞的，其中，有许多事秘而不宣。
教授微胖，研究宗教的人会算命，
我想你时，你与墙上的菩萨无异。
他们说，美院的学生都心有魔障，写生纸上
出现的总是另一座寺院，从那里
走失的人有时会来禅堂问路。
我也是心有魔障的人吗？沉默、咳声、交谈中
意味深长的停顿，都可以列入位移的范畴。
中午，我们吃素斋，然后，去"闲人免进"的

牌子后面看梅树、阴影浓重的院落。
一页页石阶覆满青苔，仿佛
来自某个更加罕见的版本，让我记起有人
曾在此踱步，望空噪骂，去厨房吃友人留的剩菜。
这午后的长廊自然适合告别，
游客止步的地方隐入高人。
我也抬起头来，想你就是抬起头来
向更高、晴朗、没有任何东西的地方眺望。
僧舍旁，花朵过于红硕，风却一直无法说服它们。
如今，我把方丈送我的《寒山子集》放在书架上，
用剩下的部分写成一首诗。

马戏团

不可能一开始就是锣，
一开始就是猴子和铃铛。

狗熊裹着皮大衣，心满意足，
理想主义的鹿却有长久的不宁。
不可能一开始就是铁笼子，
就是算术、雪糕、绕口令。

不可能一开始马就是马，
狮子就是狮子；不可能
一开始就到了高潮，就宣称
没有掌声无法谢幕。

不可能一开始就和气一团；
就把头伸进老虎嘴里。
观众鼓掌，打呼哨，连猎人
也加入了进来。不可能一开始
猎人就快乐，老虎也满意。

撒旦酣睡，艺术驯良，
天使从高处忧心忡忡飞过。
在这中间是马戏团的喧哗。
不可能一开始就这么喧哗。

不可能一开始就是火圈、
糖果、道德的跳板；
金钱豹，不可能一开始就爱钱；
头挂锐角的老山羊，不可能
一开始就是素食主义者。

童话

熊睡了一冬，老鼠忙了一夜。
乱世之秋，豹子的视力是人的九倍。

想变成动物的人在纸上画鲸；
不知该变成何种动物的人在梦中骑虎，
有时醒得突然，未及退走的山林
让他心有余悸。

狗用鼻子嗅来嗅去，必有难言之隐；
猫在白天睡大觉，实属情非得已。

猫头鹰又碰见了黄鼬，晚餐时，
座位挨得太近，它们心中都有些忐忑。
而有人一摸象就变成了盲人，有人
因窥见斑马而发现了真理。

我也曾画过蛟龙两条，许多年了，
它们一直假装快乐地嬉戏，其实，

是在耐心等待点睛人。
——总有一天，它们会开始新生活，
并说出对墙壁不堪回首的记忆。

林中

回忆漫长。椴树的意义用得
差不多时，
才适合制成音乐。

午后，水杉像一群朝圣者，
花岗岩的花白有大道理。

"风突然停了。白头翁的翅膀
滑入意义稀薄的空间……"
太阳来到隐士的家而隐士
不在家。

乌桕拍打手上的光斑，
蓝鹊在叫，有人利用这叫声
在叫；甲虫
一身黑衣，可以随时出席葬礼。

龙门石窟

顽石成佛，需刀砍斧斫。
而佛活在世间，刀斧也没打算放过他们。
伊水汤汤，洞窟幽深。慈眉
善目的佛要面对的，除了香火、膜拜、喃喃低语，
还有咬牙切齿。
"一样的刀斧，一直分属于不同的种族……"
佛在佛界，人在隔岸，中间是倒影

和石头的碎裂声。那些
手持利刃者，在断手、缺腿、
无头的佛前下跪的人，
都曾是走投无路的人。

窗前

当我们在窗前交谈，我们相信，
有些事，只能在我们的交谈外发生。

我们相信，在我们目力不及的地方，
走动着陌生人。他们因为
过着一种我们无法望见的生活而摆脱了
窗口的限制。

当他们回望，我们是一群相框中的人，
而那空空、无人的窗口，
正是耗尽了眺望的窗口。

我们看到，城市的远端，
苍穹和群山拱起的脊背
像一个个问号：过于巨大的答案，
一直无法落进我们的生活中。

当我们在长长的旅行后归来，
嵌入窗口的风景，
再也无法从玻璃中取出。

秤

星星落在秤杆上，表明
一段木头上有了天象。宇宙的法则

正在人间深处滑动。

所以，大秤称石头，能压坏山川；
小秤称药草，关乎人命。
不大不小的秤，称市井喧嚷里闲口舌……
万物自有斤两，但那些星星
抿着嘴唇。沉默，
像它们独有的发言权。

一杆秤上，星空如迷宫。
若人世乱了，一定是
某个掌秤的人心里先失去了平衡。
秤杆忽高忽低，必有君王轻狂；
秤杆突然上翘，秤砣滑落，则是
某个重要人物正变成流星。
但并非所有的秤都那么灵敏，有时，
秤砣位移而秤杆不动，
秤，像是对什么产生了怀疑。

有时秤上空空，
给我们送来短暂的释然。
而当沉沉重物和秤砣
那生铁的心，在秤的两端同时下坠……
——它们各有怀抱，在为
某种短暂的静止而拼命角力。

西樵山

如果，你要活下去。
你敲打石头将得到两样东西：火，
和斧子。

然后，我们才能谈谈艺术。
石头里的火星会告诉你：死者体内
只有火能再生，
并给所有的艺术领来岩浆，

又触手冰冷。
我掌中，这充满了气泡的小石头，
能察觉到已经结束的东西。
而巨大的石头，被切割，雕琢，在所谓
成熟的风格或曲线中，
保持生硬。

如果你从火中来，
你也必将知道，活，陈旧而平庸。
爱是一次死亡：喷发，
一个心碎的过程。分散、冷却的灵里，
留有你对世界的同情。

作为一个整体，火会死去，但石块
会一直醒着。
火星，成了被忘却的艺术的天赋。
宗教，用来吸收冲动和震颤的装置。
飞鸟变黑了，藤蔓和水纹都在挣扎，
你住在幽暗的房子里。
——你不会逝去，包括从前那大地的伤悲。

博物馆、书院、古村落、寺庙……
讲解轻声细语，但真正的教诲
会让一座山从内部重新燃烧：只有
少数觉者能绝处逢生。
——那最初的火，犹如孩童，在我们
每个人心底里喃喃自语……

有时我闭上眼，感觉
自己像个在门外偷听的人。

如果我们从火中来，
我们必将在寒冷的梦中睡去，
而火就是黎明。
疼痛，和这世界一样古老。

火焰曾编织天空。思索，
若过于漫长则会充满灰烬。
只有道观的浮雕上这不知名的仙人，
用飘飘衣袂摆脱了沉重。
一个看似不真实的族群，替我们
把对绝望的反抗完成。

平武读山记

我爱这一再崩溃的山河，爱危崖
如爱乱世。
岩层倾斜，我爱这
犹被盛怒掌控的队列。

……回声中，大地
猛然拱起。我爱那断裂在空中的力，
以及它捕获的
关于伤痕和星辰的记忆。

我爱绝顶，也爱那从绝顶
滚落的巨石一如它
爱着深渊：一颗失败的心，余生至死，
爱着沉沉灾难。

尼洋河

米拉山口，经幡如繁花。
山下，泥浪如沸。

古堡不解世情，
猛虎面具是移动的废墟。
缘峡谷行，峭壁上的树斜着身子，
朝山顶逃去。

至工布江达，水清如碧。
水中一块巨石，
据说是菩萨讲经时所坐。
半坡上，风马如激流，
谷底堆满没有棱角的石子。

近林芝，时有小雨，
万山接受的是彩虹的教育。

（选自胡弦诗集《沙漏》，长江文艺出版社2016年8月版；《空楼梯》，中国青年出版社2017年9月版；《人民文学》2017年第11期，责任编辑：刘汀。）

关于胡弦诗歌的四个关键词

/ 何同彬

1. 风景

甘南诗人阿信反复阅读胡弦的诗歌《过洮水》，巨大的疑问在他的内心不可遏制地疯狂生长：一个匆匆过客对风景、地理的重新命名竟然实现了这么可怕的"精确极性"，让他，一个在洮水边、在甘南生活了几十年的诗人报以激赏，这种错位是如何实现的呢？那些被词语唤醒的风景中为什么饱含着陌生又熟悉的力量和动人心魄的乡愁？

柄谷行人说："只有在对周围外部的东西没用关心的'内在的人'那里，风景才能得以发现。风景乃是被无视'外部'的人发现的。"走过河流、山川、名胜古迹的胡弦，凝视"戏台""讲古的人""烟缕""祖母发黄的照片"的胡弦，已经将视觉意义上的"看"转变为感知活动、思想活动的"看"，此时，诗之"思"便发生了。于是，风景被"颠倒"，作为一种认识论的装置，诗人给予了风景新的起源，而原有的起源被掩盖起来："代替旧有的传统名胜，新的现代名胜得以形成。"（柄谷行人）

"中国的风景思想早于欧洲一千年，并且位于中国文人文化之核心而毫无间断地发展。"法国学者朱利安这一判断无疑是准确的，而诗人胡弦无疑是中国传统风景思想经过现代转化之后的最卓越的继承者之一，他为当代诗歌风景学、地理学视野留下很多典范之作。多少自然景观、文化遗迹乃至被忽略、遗忘的琐碎物象，都被胡弦的风景的内在化、风景的现象学注入不尽的机趣和哲思，我们借此得以窥视朱利安意义上的理想"风景"："它可以把我们吸入其中关联呼应的无尽游戏里，用它各式各样的张力激起我们的生命活力；它也可以用其中独特化的事物来唤醒我们对自己存在着的感觉。因它的远，它让我们做梦，使我们变得

'爱遐思'。其中，'视觉的'变成了'感性的'，事物的物质性变得缥缈不定，弥漫着一种无穷无尽的'之外'。'可感的'与'精神性'之间的断裂终于在其中消解了。因为那儿不再是世界的一个'角落'，而是顿然全面性地出现那些形成世界的事物，因而揭示了组成世界的成分。从此，该处（celieu）悄悄地成为一种联系（un lien），我与它建立了一份默契而无法离开它。"

2. 反乡愁

从胡弦诗歌的视觉风景提供的启示来看，他应该是一位典型的"乡愁"诗人，但是，我们在他的诗歌中看不到乡愁。比如，《讲古的人》讲的不是"乡愁"，是"亘古愁"，是逾越了乡土和时间的"困境"和"疼痛"；《高速路边》饱含的机警的讽喻，揭示的是"人"的困境，复杂的情感意绪不是乡愁，而是"反乡愁"。

诗人朱朱认为："对于中国人而言，乡愁是一种极其强大的内部存在，伦理学的法令，宿命的宇宙观，并且，也构成了文学传统中最重要的主题之一；……乡愁或与本土的创伤体验结合在一起，或与倾听者的缺席及知音传统的感怀结合在一起，或通过对古老的东方哲学文本的沉浸来移近彼岸的距离，然而，这种内嵌于诗歌史的抒情模板，如今已日渐演变为一条廉价的国内生产线，那些产品充满前现代的呻吟和失守于农耕社会的哀嚎，在事实上沦为了无力处理此时此地的经验的证据，……我们应该通过渗透性的方式重新回来，而不是躲在一撮灰烬里相互取暖。"于是，他提出了"反乡愁"，"'反乡愁'也是乡愁的一种"，只不过是倾向于对"乡愁"进行反思，"并不贪图重建被称为家园的神话式的地点；它'热衷于距离，而不是所指物本身'"。

在一次学术会议上，胡弦曾经呼应了朱朱"流动的乡愁""反乡愁"的观念，提出了"面向未来的乡愁"，他将自己及其诗歌实践放置在一个"过去"和"未来"之间的某种高处："一个由过去和未来两股力量创作和限定了的巨大的、不停变动的时一空；他会在时空中找到一个足以让他离开过去和未来而上升到'裁判'位置的处所，在那里他将以不偏不倚的眼光来评判这两股彼此交战的力量。"因此，胡弦得以像阿伦特描述的卡夫卡那样，"以其具体存在的全部现实性活在过去与未来的时间裂隙中"，"它完全是一个精神场域，或者不如说是思想开辟的道路，是思考在有死者的时空内踩踏出的非时间小径，从中，思想序列、记忆和想象的序列把它们所碰触的东西从历史时间和生物时间的损毁中拯救出来"。

> 河谷伸展。小学校的旗子
> 噼啪作响。
> 有座小寺，听说已走失在昨夜山中。
>
> 牛羊散落，树桩孤独，
> 石头里，住着一直无法返乡的人。
> 转经筒转动，西部多么安静。仿佛
> 能听见地球轴心的吱嘎声。
>
> ——《春风斩》

3. 反抗

胡弦是一个强劲有力的诗人，这种力量来自于先天的"反抗"性，他始终处于一种精神的"流亡"状态，不断生成种种来源复杂的"反抗"意愿和批判意志，经常构成胡弦诗歌某种不可或缺的动力，同时使得他的诗歌始终保持着充满张力的"现实性"和"当代性"。

耿占春在分析《讲古的人》时发现："胡弦待人有着玉一般的暖意，但他对于暴力历史及其隐秘话语资源的批判却如此犀利。"霍俊明则把胡弦比喻为"一根带锯齿的草"，"在测量着风力和风俗，也在验证和刺痛着踩踏其上的脚掌。"的确，胡弦专注于在"虚静"中操练精神的"隐身术"，看起来面目和善、与物无伤的他，事实上是"异类"，是"现实"吃剩下的"两只羊角"，无用而坚硬，一旦在诗歌中开启个人灵魂的语言，他的诗歌就会迅速释放出充满张力、对峙性和挑衅性的"内在的暴力"，制造出巨大的心理回响："群鸟鸣啭，天下太平。/最怕的是整座山林突然陷入寂静，/仿佛所有鸟儿在一瞬间/察觉到了危险"（《异类》）；"老虎已经闯进你心里，特别是你突然发现：/一座可爱的树林，/竟然愿意承担所有的恐惧"（《遇虎记》）；"佛在佛界，人在隔岸，中间是倒影/和石头的碎裂声。那些/手持利刃者，在断手、缺腿、/无头的佛前下跪的人，/都曾是走投无路的人"（《龙门石窟》）；"我爱这一再崩溃的山河，爱危崖/如爱乱世。/岩层倾斜，我爱这/犹被盛怒掌控的队列"（《平武读山记》）……

主体的犬儒和语言的禁欲是胡弦不能忍受的，他无时无刻不在警醒自己，一定要为诗歌注入"惊雷"，注入史蒂文斯所说的"向那必定成为我们生活的主宰的人提议的阳刚性"。

4. 完整性

"风景"带来思想，"反乡愁"带来冷峻的当代性，"反抗"带来可贵的"阳刚性"，这一切给胡弦带来希尼所说的"一流诗歌"的面相："它的音度偏低，它在毫不装腔作势的情况下着手履行其职责，它行进的信心赋予它一种表演不充分的自我克制。"霍俊明也认为："胡弦是一个慢跑者和'低音区'的诗人，声调不高却具有持续穿透的阵痛感与精神膂力。"

> 在风的国度，戈壁的国度，命运的榔头是盲目的，这些石头
>
> 不祈祷，只沉默，身上遍布痛苦的凹坑。
>
> ——许多年了，我仍是这样的一个过客：
>
> 比起完整的东西，我更相信碎片。怀揣
>
> 一颗反复出发的心，我敲过所有事物的门。
>
> ——《嘉峪关外》

尽管胡弦更加相信碎片，相信碎片的力量，但当他的诗歌把所有的碎片整合成独特的、彼此交织呼应的、含义富丽的形体时，世界的隐秘区域都发出了震颤的绝对化的力量，诗人胡弦的"完整性"也开始逐渐浮现。阅读胡弦的诗给人最大的愉悦是感受诗人的受难性话语，目睹诗人如何痛苦思考自己的进程：生活的进程、诗的进程，然后我们清晰地看到克罗齐在 1933 年的牛津演讲中所说的"完整的人"："如果……诗歌是直觉和表达，声音和意象的联合，那动用声音和意象的形式的物质是什么？是那完整的人，那思考和决意的、爱的、恨的人，那强壮而软弱、高尚而可悲、善良而邪恶的人，处于生的狂喜和痛苦中的人；并且与那人一起，与他融合为一，它是永久的进化之劳作中的全部自然……诗歌是冥想的胜利……诗的天才选择一条窄道，在其中激情是平和的，而平和是激情的。"

九章系列二十九首

/ 陈先发

陈先发，1967 年 10 月生，安徽桐城人。1989 年毕业于复旦大学。著有诗集《春天的死亡之书》（1994 年）、《前世》（2005 年）、《写碑之心》（2011 年首版、2017 年修订再版）、《养鹤问题》（2015 年）、《裂隙与巨眼》（2016 年）、《九章》（2017 年），随笔集《黑池坝笔记》（2014 年），长篇小说《拉魂腔》（2006 年）等。

曾获华语文学传媒大奖、十月诗歌奖、1998 年至 2008 年中国十大影响力诗人奖、首届袁可嘉诗歌奖、天问诗歌奖、中国桂冠诗歌奖、陈子昂诗歌奖等数十种。2015 年与北岛等十诗人一起获得中华书局等单位联合评选的"新诗贡献奖"。作品被译成英、法、俄、西班牙、希腊等多种文字传播。

孤岛的蔚蓝

卡尔维诺说，重负之下人们
会奋不顾身扑向某种轻

成为碎片。在把自己撕成更小
碎片的快慰中认识自我

我们的力量只够在一块
碎片上固定自己

折枝。写作。频繁做梦——
围绕不幸构成短暂的暖流

感觉自己在孤岛上。
岛的四周是

很深的拒绝或很深的厌倦
才能形成的那种蔚蓝

（选自《横琴岛九章》，2016 年 11 月作，2017 年 1 月改。）

芦花

我有一个朋友
他也有沉重肉身
却终生四海游荡，背弃众人
趴在泥泞中
只拍摄芦花
这么轻的东西

（选自《叶落满坡九章》，2017 年 2 月作，2017 年 6 月改。）

蝴蝶的疲倦

沉静小河上蝴蝶飞来

橘红色晚霞，在粼粼

波光上折射出更多的蝴蝶

像一个人在她变幻

不定的替身中漫游——

我们容易对身体着迷

又苦于灵魂不能在

不同躯壳之间随意腾挪

但文学，恰恰脱胎换骨于

这样的两难之境。这个傍晚

蝴蝶将告诉我们一些什么？

她的分裂造就了庄子

她的虚无让纳博科夫

在灰烬中创造了永恒的洛丽塔

而她的疲倦，也许将

永不为人知……

（选自《遂宁九章》，2016 年 4 月作，2016 年 10 月改。）

从白鹭开始

一群白鹭仿佛完全失去了

重量地浮在半空——

河滩上，有的树木生长极为缓慢

据说世上最迟钝之物是大西洋底的

海蛤，百年之躯不及微尘

但它们并未到达全然的静止

我想，在这个世界至少

需要一种绝对静止的东西

让我看清在刚刚结束的一个

029 ·

稀薄的梦中，在家乡雨水和
松坡下埋了七年的老父亲那
幅度无穷之小却从未断绝的运动……

（选自《遂宁九章》，2016 年 4 月作，2016 年 10 月改。）

古老的信封

星光在干灰中呈锯齿状
而台灯被拧得接近消失
我对深夜写在废纸上又
旋即烧去的
那几句话入迷

有些声音终是难以入耳
夜间石榴悄悄爆裂
从未被树下屏息相拥的
两个人听见
堤坝上熬过了一个夏季的
芦苇枯去之声如白光衰减
接近干涸的河水磨着卵石
而我喜欢沿滩涂走得更远
在较为陡峭之处听听
最后一缕河水跌下时
那微微撕裂的声音

我深夜写下几句总源于
不知寄给谁的古老冲动
在余烬的唇上翕动的词语
正是让我陷于永默的帮凶

（选自《杂咏九章》，2015 年 9 月作。）

秋兴九章之五

每时每刻。镜中那个我完好
无损。只是退得远远的——

人终须勘破假我之境
譬如夜半窗前听雨

总觉得万千雨滴中，有那一滴
在分开众水，独自游向湖心亭

汹涌而去的人流中，有
那么一张脸在逆风回头

人终须埋掉这些
生动的假我。走得远远的

当灰烬重新成为玫瑰
还有几双眼睛认得？

秋风中，那么深刻的
隐身衣和隐形人……

（选自《秋兴九章》，2014 年 10 月作，2016 年 11 月改。）

醉后谢朓楼追古

这里的山水、城楼，有着
过剩的寂静。我不喜欢这种过剩

酒桌上我的话题是
如何抛弃

一个强大的死者
在清风中，夜色中，湖水中
他仍在侵扰着我们

他过度的寂静与
过度的精致——我们的
蓬头垢面，甚至不是被自己
而是被这些遥远的死者深藏了起来

一首果实的诗必须把种子里
深刻的失败也包括进去
其实，这也是一种
深刻的恩情
从这些死者远未被洞穿的匮乏开始……

（选自《敬亭假托兼怀谢朓九章》，2016 年 8 月作。）

秋兴九章之一

在外省监狱的窗口
看见秋天的云

我的采访很不顺利。囚徒中
有的方言聱牙，像外星球语言

有的几天不说一个字
但许多年后——

仍有人给我写信
那时，他被重机枪押着

穿过月亮与红壤之间的

丘陵地带。转往另一座监狱

因为他视力衰竭
我回信的字体写得异常粗大

那是十月底了
夜间凉爽，多梦

（选自《秋兴九章》，2014 年 10 月作，2016 年 11 月改。）

堂口观燕

自古的燕子仿佛是
同一只。在自身划下的
线条中她们转瞬即逝

那些线条消失
却并不涣散
正如我们所失去的
在杳不可知的某处
也依然滚烫而完整

檐下她搬来的春泥
闪着失传金属光泽
当燕子在

凌乱的线条中诉说
我们也在诉说，但彼此都
无力将这诉说
送入对方心里

我想起深夜书架上那无尽的

名字。一个个
正因孤立无援
才又如此密集

在那些书中，燕子哭过吗
多年前我也曾
这样问过你
而哭声，曾塑造了我们

（选自《遂宁九章》，2016 年 4 月作，2016 年 10 月改。）

卷柏颂

当一群古柏蜷曲，摹写我们的终老
懂得它的人驻扎在它昨天的垂直里，呼吸仍急促

短裙黑履的蝴蝶在叶上打盹
仿佛我们曾年轻的歌喉正由云入泥

仅仅一小会儿。在这荫翳旁结中我们站立
在这清流灌耳中我们站立——

而一边的寺顶倒映在我们脚底水洼里
我们蹚过它：这永难填平的匮乏本身

仅仅占据它一小会儿。从它的蜷曲中擦干
我们嘈杂生活里不可思议的泪水

没人知道真正的不幸来自哪里。仍恍在昨日
当我们指着不远处说：瞧！

那在坝上一字排开，油锅鼎腾的小吃摊多美妙

嘴里塞着橙子，两脚泥巴的孩子们，多么美妙

（选自《颂九章》，2009 年 9 月作。）

远天无鹤

我总被街头那些清凉的脸吸附
每天的市井像
火球途经蚁穴
有时会来一场雷雨
众人逃散——
总有那么几张清凉的
脸，从人群浮现出来
这些脸，不是晴空无鹤的状态
不是苏轼讲的死灰吹不起
也远非寡言
这么简单
有时在网络的黑暗空间
就那么一两句话
让我捕捉到它们
仿佛从千百年中萃取的清凉
流转到了这些脸上
我想——这如同饥荒之年
即便是饿殍遍地的
饥荒之年，也总有
那么几粒种子在
远行人至死不渝的口袋里

（选自《叶落满坡九章》，2017 年 2 月作，2017 年 4 月改。）

以病为师

经常地，我觉得自己的语言病了
有些是来历不明的病
凝视但不必急于治愈
因为语言的善，最终有赖它的驱动

那么，什么是语言的善呢
它是刚剖开、香未尽的柠檬
也可能并不存在这只柠檬
但我必须追踪她的不存在

（选自《横琴岛九章》，2016 年 11 月写，2017 年 1 月改。）

三角梅

想在院中空地
种棵三角梅
但五年了
那块地仍在空着

这并不妨碍我常站那出神
跟土壤低声讨论
哪片叶子蔫了而
逸出旁枝又该如何修理
有一天我竟然梦到这株
三角梅哭了
当我告诉你，我种了棵
会哭的三角梅
你们信吗

你们信不信并不妨碍它的

香气夜间爬进
我的窗户
当她安静，这香味气若游丝
当她哭
这香味如盲马夜行

（选自《大别山瓜瓞之名九章》，2016 年 10 月作，2017 年 6 月改。）

深夜驾车自番禺去珠海

车灯创造了旷野的黑暗
我被埋伏在
那里的一切眼睛所看见
我
孤立
被看见

黑暗只是掩体。但黑暗令人着迷
我在另一种语言中长大
在一个个冰冷的词连接
而成的隧洞中
寂静何其悠长
我保持着两个身体的均衡
和四个黑色轮毂的匀速

飞蠓不断扑灭在车玻璃上
他们是一个个而非
一群。只有孤立的事物才值得记下

但多少黑暗中的起舞
哭泣
并未被我们记下

车载音乐被拧到最低
接近消失——
我因衰老而丢掉的身体在
旷野
那些我描述过的年轻桦树上
在小河水中
正站起身来

看着另一个我坐在
亮如白昼的驾驶舱里
渐行渐远
成为雨水尽头更深黑暗的一部分

（选自《横琴岛九章》，2016 年 11 月作。）

南洞庭湿地

所有地貌中我独爱湿地
它们把我变成一个
两个，或分身为许多个
寡淡的迷途者
在木制栈道上，踩着鹭鸶模糊的
喉咙走向湖泊深处
又看见自己仍在远处枯苇丛
同一个原点上

此生多少迷茫时刻
总以为再度不过了
附身于叛道离经的恶习
被淡淡树影蔽着，永不为外人所知
只在月明星稀的蛮荒之中
才放胆为自己一辩

徒有哀鹭之鸣

以为呼朋引类

徒觉头颅过重

最终仍需轻轻放平

听见第二个我在焦灼呼唤

我站在原地不动

等着汹涌而旋的水光把我抛到

南洞庭茫茫湿地的外边

（选自《入洞庭九章》，2016 年 10 月 14 日作。）

群树婆娑

最美的旋律是雨点击打

正在枯萎的事物

一切浓淡恰到好处

时间流速得以观测

秋天风大

幻听让我筋疲力尽

而树影，仍在湖面涂抹

胜过所有丹青妙手

还有暮云低垂

令淤泥和寺顶融为一体

万事万物体内戒律如此沁凉

不容我们滚烫的泪水涌出

世间伟大的艺术早已完成

写作的耻辱为何仍循环不息……

（选自《杂咏九章》，2015 年 9 月作，2016 年 9 月改。）

黄钟入室

钟声抚摸了室内每一
物体后才会缓缓离开
我低埋如墙角之蝼蚁
翅膀的震颤咬合着黄铜的震颤
偶尔到达同一的节律
有时我看着八大画下的
那些枯枝，那些鸟
我愿意被这些鸟抓住的愈少愈好
我愿意钟声的治疗愈少愈好
钟声不知从何处来也不知
往何处去
它的单一和震颤，让我忘不掉
我对这个世界阴鸷般的爱为何
总是难以趋于平静——

（选自《黄钟入室九章》，2017 年 4 月作。）

静脉

推窗看见落叶了
秋天的静脉冷而灰蓝
枯萎不是爱在远去
而是爱在来临

（选自《脏水中的玫瑰九章》，2016 年 11 月作，2017 年 6 月改。）

渐老如匕

旧电线孤而直
它统领下面的化工厂，烟囱林立
铁塔在傍晚显出疲倦
众鸟归巢
闪光的线条经久不散

白鹤来时
我正年幼激越如蓬松之羽
那时我趴在一个人的肩头
向外张望
旧电线摇晃
雨水浇灌桉树与银杏的树顶

如今我孤而直地立于
同一扇窗口
看着高压电线从岭头茫然入云
衰老如匕扎入桌面
容貌在木纹中扩散
而窗外景物仿佛几经催眠

我孤而直。在宽大房间来回走动
房间始终被哀鹤般
两个人的呼吸塞满

（选自《杂咏九章》，2015 年 9 月作，2016 年 9 月改。）

不可多得的容器

我书房中的容器
都是空的

几个小钵，以前种过水仙花
有过璀璨片刻
但它们统统被清空了
我在书房不舍昼夜的写作
跟这种空
有什么样关系？
精研眼前事物和那
不可见的恒河水
总是貌似刁钻、晦涩——
难以作答
我的写作和这窗缝中逼过来的
碧云天，有什么样关系？
多数时刻
我一无所系地抵案而眠

（选自《裂隙九章》，2016年1月写，2016年7月改。）

自然的伦理

晚饭后坐在阳台上
坐在风的线条中
风的浮力，正是它的思想
鸟鸣，被我们的耳朵
塑造出来
蝴蝶的斑斓来自它的自我折磨
一只短尾雀，在
晾衣绳上踱来踱去
它教会我如何将
每一次的观看，都
变成第一次观看——
我每个瞬间的形象
被晚风固定下来，并

永恒保存在某处
世上没有什么铁律或不能
废去的奥义
世上只有我们无法摆脱的
自然的伦理

（选自《黄钟入室九章》，2017 年 4 月作。）

苍鹭斜飞

山道上我和迎面扑来的一只
苍鹭瞬间四目相对

我看见我伏在
它灰暗又凸出的眼球上

我在那里多久了？看着它隐入
余光涂抹的栎树林里

平日在喧嚣街头也常有几片
肮脏羽毛无端飘至跟前

这羽毛信上写些什么？栎树林安静地
向四面敞开，风轻难以描述

被她的泪水彻底溶化之前，我
从那里看见什么——

又忘掉些什么？我知道我永不会
从那单纯的球体滑落下来

在那里我有一种

灰暗而永恒的生活

（选自《敬亭假托兼怀谢朓九章》，2016 年 8 月作，2017 年 7 月改。）

崖边口占

闲看惊雀何如？
凌厉古调难弹。
斧斫老松何如？
断口正欲为我加冕。

悬崖何时来到我的体内又
何时离去？
山水有尚未被猎取的憨直。
余晖久积而为琥珀。
从绝壁攀援而下的女游客，
一身好闻的
青木瓜之味。

（选自《敬亭假托兼怀谢朓九章》，2016 年 8 月作，2017 年 7 月改。）

过伶仃洋

浑浊的海水动荡难眠
其中必有一缕
是我家乡不安的小溪
万里跋涉而至
无论何处人群，必有人
来担负这伶仃之名

也必有人俯身
仰面等着众人踩过

看见那黑暗——
我来到这里
我的书桌动荡难眠
不管写下什么，都不过是在
形式的困境中反复确认
此生深陷于盲者之所视
聋者之所闻

我触摸到的水，想象中的
水
呜咽着相互问候
在这两者微妙的缝隙里
跨海大桥正接近完工
当海风顺着巨大的
悬索盘旋而上
白浪一排排涌来，仿佛只有
大海猜中了我们真正偏爱的
正是以这伶仃之名捕获
与世界永恒决裂的湛蓝技艺

（选自《横琴岛九章》，2016 年 11 月作，2017 年 1 月改。）

泡沫简史

炽烈人世炙我如炭
也赠我小片荫翳清凉如斯
我未曾像薇依和僧璨那样以
苦行来医治人生的断裂
我没有蒸沙作饭的胃口
也尚未产生割肉饲虎的胆气
我生于万木清新的河岸
是一排排泡沫

来敲我的门
我知道前仆后继的死
必须让位于这争分夺秒的破裂
暮晚的河面，流漩相接
我看着无边的泡沫破裂
在它们破裂并恢复为流水之前
有一种神秘力量尚未命名
仿佛思想的怪物正
无依无靠隐身其中
我知道把一个个语言与意志的
破裂连接起来舞动
乃是我终生的工作
必须惜己如蝼蚁
我的大厦正建筑在空空如也的泡沫上

（选自《大别山瓜脐之名九章》，2016 年 10 月作，2017 年 6 月改。）

暴雨洗过敬亭山

竹笋裹着金字塔胀破雨后的
地面。把我从这苍黄棺椁剥出来的

是我自己的手。让我陷入绝境的
是我自己的语言

面对众人我无法说出的话
在此刻这幽独中仍难表达

我踱步，在自己危险的书房里
像辨认山林暝色中有哪些

埋不掉的东西。是死者要将喉中

无法完成之物送回地面

这雨滴。这寂静
这绵绵无尽头的延续

遍及我周身。遍及我痛苦阅历中的
每一行脚印，每一个字

（选自《敬亭假托兼怀谢朓九章》，2016 年 8 月作，2017 年 7 月改。）

葵叶的别离

露珠快速滑下葵叶
坠入地面的污秽中
我知道
她们在地层深处
将完成一次分离
明天凌晨将一身剔透再次登上葵叶

在对第二次的向往中
我们老去
但我们不知道第二只脚印能否
精确嵌入昨天的

永不知疲倦的鲁迅
在哪里
恺撒呢

摇篮前晃动的花
下一秒用于葬礼
那些空空的名字
比陨石更具耐心
我听见歌声涌出

天空中蓬松的鸟羽、机舱的残骸
混乱的
相互穿插的风和
我们永难捉摸的去向

——为什么?

葵叶在脚下滚动
我们活在物溢出它自身的
那部分中。词在奔向对应物的途中

（选自《杂咏九章》，2015年9月作，2016年9月改。）

在永失中

我沿锃亮的铁路线由皖入川
一路上闭着眼，听粗大雨点
砸着窗玻璃的重力。时光
在钢铁中缓缓扩散出涟漪
此时此器无以言传
仿佛仍在我超稳定结构的书房里
听着夜间鸟鸣从四壁
一丝丝渗透进来
这一声和那一声
之间，恍惚隔着无数个世纪
想想李白当年，由川入皖穿透的
是峭壁猿鸣和江面的漩涡
而此刻，状如枪膛的高铁在
隧洞里随我扑入一个接
一个明灭多变的时空
时速六百里足以让蝴蝶的孤独
退回一只茧的孤独
这一路我丢失墙壁无限

我丢失的鸟鸣从皖南幻影般小山隼
到蜀道艰深的白头翁
这些年我最痛苦的一次丧失是
在五道口一条陋巷里
我看见那个我从椅子上站起来了
慢慢走过来了
两个人脸挨脸坐着
在两个容器里。窗玻璃这边我
打着盹。那边的我在明暗
不定风驰电掣的丢失中

（选自《遂宁九章》，2016 年 4 月作，2016 年 10 月改。）

秋兴九章之四

钟摆来来回回消磨着我们
每一阵秋风消磨我们

晚报的每一条讣闻消磨着我们
产房中哇哇啼哭消磨我们

牛粪消磨着我们
弘一也消磨我们

四壁的霉斑消磨着我们
四壁的空白更深地消磨我们

年轻时我们谤佛讥僧，如今
加了点野狐禅

孔子、乌托邦、马戏团轮番来过了
这世界磐石般依然故我

这丧失消磨着我们：当智者以醒悟而
弱者以泪水

当去者以嘲讽而
来者以幻景

只有一个珍贵愿望牢牢吸附着我：
每天有一个陌生人喊出我的名字

（选自《秋兴九章》，2014 年 10 月作，2016 年 11 月改。）

（选自陈先发诗集《九章》，安徽教育出版社 2017 年 10 月版。）

何谓九章，九章何为

——陈先发近作印象

/ 钟硕

我深夜写下几句总源于
不知寄给谁的古老冲动

——《杂咏九章·古老的信封》

　　渺茫的本体面前，一切指谓都是渺茫的——初读陈先发"九章系列"时，脑子里蹦出过这样的句子。记得在一个微信群里，曾有几位诗人议论陈先发近作为何要以"九章"冠之。我相信这是个谁也不能精确的问题，包括他本人。

　　在文化工业盛行、乐于脑洞复制的时代，像"九章系列"这样胸藏万象、道器杂陈、以一种近乎执拗的不可确定性示人的作品并不常见。通常我们以为的现代性（新诗的道统），是指"西方化"，所谓波德莱尔的所有"可能性"，它更多是经济社会及物质异化的产物。而当我们言及个体经验和语言形式，往往又不一定仅为时代语境和社会学概念所限定。这么说，并不意味"九章系列"有仅是立足古典或本土质素的企图。它似乎喜欢缺失标签，对接受某类参照系的命名游戏不那么热心。

　　在"九章系列"里，几乎看不到刻意的本土文化自信，也没有常见的民族性、本土化的焦虑，更看不到要对抗现代化"荒原"的意指。它只有一种对"本质"

的忠实，时空与文化也仿佛只是一种道具，为了达成更纯粹的洞察和质询，更多还原人的存在状态。其间有属灵时的妙得，有格物辨析，有不得已勉力的命名，它们或在此过程链接"奥秘"，或仅留下"印迹"回应着造化的伟大……我甚至认为它已然横陈在中西诗学的两套参照系之间，表现出一种奇特的生长态。

有人说，"九章"的命名，是陈先发的"野心"作祟，可他这个系列的文本却未必超越从前。在我看来，那又如何？这恰是个并不重要的问题。日常即道，体用不二，"九章"与否又如何？对于陈先发这样一个成名多年且颇有建树的生长型诗人，仅从文本及命名去解读是不恰当的，也是不公平的。

当然，这些不同的声音，也足见大家对一个优秀诗人的高期待值，正如一个自己五音不全却逼着孩子当肖邦的父母。而事实是，文本的长或短，仍是见仁见智的产物，读和写都是惯性，须以更长远的时空和文化生成体系去检验。陈先发的独特在于，他对中国传统文化及诗歌美学的承接和西方文化的用心体认，几乎是开放性的平等待之。个人感觉诗歌创作在他更像是某种工具，为了构建出一种生命的实验场。这种自觉性，很多"为诗而诗"的诗者并不具备。勉力谓之"九章"，是因为它本身在路上——在时空的漂移中它的动能还在变化着，作为供人辨识的一种印迹冠以"九章"并无不妥。

世间伟大的艺术早已完成 / 写作的耻辱为何仍循环不息……《杂咏九章·群树婆娑》；正如久坐于这里的我 / 被坐在别处的我 / 深深地怀疑过 /（《杂咏九章·死者的仪器》）。

这几行，已是最好的答案。语言现实就是文艺及社会性的最佳表情，诗人只有不停止心性的发育，才不会重复于偏见。这种从容走向"未知"的自觉，远胜沉溺于对自我的无效重复。因此从阶段上看，孤立的文本未必足以全然地荷担。更何况，我们如何敢肯定自己一定拥有对文本的检阅权限？

"九章"相较陈先发过去的诗写，自我诘问和怀疑的元素更盛，在指向性上也更深远和丰富："在旋转的光束上，在他们的舞步里 / 从我脑中一闪而去的是些什么"；"而这些该死的语言经验一无所用"；"他们东张西望，仿佛永远在等着 / 一个缺席者"；"为了把我层层剥开 / 我的父亲死去了；我依然这么抽象 / 我依然这么复杂"（《裂隙九章·垒篾颂》）。

这就是真正的诗者，接受各种世俗打扰的同时，总能以"第三只眼"看世界，并以一个"形而上"的能量身赤裸面对真相。在陈先发眼里，日常中有无穷的神秘性，是生存的奥秘，更是命运的奥秘，并能够为我们提供宇宙大时空维度上的光亮：人终须勘破假我之境 / 譬如夜半窗前听雨 // 总觉得万千雨滴中，有那一滴 / 在分开众水，独自游向湖心亭（《秋兴九章·六》）。

进一步看，一个诗人的"技艺"是否伟大，个体经验是否通透，往往在于他对现象界的处理，并拥有替他者"代言"的功夫。有时他并不需要太多的世俗立场，所谓身份、法律、道德、是非，什么都没有，几近空无，就仅是一个生命对另一个生命最本然的打量。如同《秋兴九章·一》的意趣：在外省监狱的窗口 / 看见秋天的云 // 我的采访很不顺利。囚徒中 / 有的方言聱牙，像外星球语言 // 有的几天不说一个字 / 但许多年后—— // 仍有人给我写信 / 那时，他被重机枪押着 // 穿过月亮与红壤之间的 / 丘陵地带。转往另一座监狱 // 因为他视力衰竭 / 我回信的字体写得异常粗大 // 那是十月底了 / 夜间凉爽，多梦。

我们像一个词 / 被写出来了 / 我们的形象被投射 / 在此窗下 / 但万物暗黑如岩呀，只有人在语言中的 / 屈辱是光线（《裂隙九章·来自裂隙的光线》）。最美的旋律是雨点击打 / 正在枯萎的事物（《杂咏九章·群树婆娑》）。是的，这就是体用不二，这就是上帝无处不在的荣耀。"道"从来不在他处，在寻常万物之中，于阁下面门上发光："然而诗并非添加 / 诗是忘却 / 像老僧用脏水洗脸 / 世上多少清风入隙、俯仰皆得的轻松（《白头鹎鸟九章·直觉诗》）。

还有必要指出的是，这些诗行还搭载了一种独有气质——铺陈和直落相互拉扯产生张力，语言干净如洗推进自如，结构浑然开合漂亮，于传统和现代性之间滋生奇怪而强大的紧张度，意蕴沛然，"彼岸情结"可视可触且又多以悖论展现。不难看出，这种风貌在中西双方的诗学传统里都缺失一个清晰的对标，而这种缺失，正是一个生长型的大诗人的"标配"——这一次，陈先发只是借用"九章"之名相，继续自己的"问道之途"。

当然，要"链接渺茫的本体"并非易事，有时诗人惯有的文化人姿态和调性也需澄澈，需要努力防范癔症中的"自我说明"，才可能一直前行。反过来看，那些装得没文化或反文化的"先锋"，不过是另一种做作和套路。生活细节的描摹，只能用直觉的希望和平静的顺从对待，只有放弃了预设的安慰及社会学批判、后现代语境的无穷消解，才能规避从形而上的虚无滑向形而下的虚无。

如此，对个体感知力所造成的不可磨灭的印象，其高贵性自得彰显，同时也才配称真正意义上的现代性。如《大别山瓜蒌之名九章·瓜田》：在它们破裂并

恢复为流水之前 / 有一种神秘力量尚未命名；《大别山瓜飚之名九章·野苹果沟》：我必须以我的篮子 / 为界限，制止野苹果滑向 / 更虚无的地方。

无论怎样，诗写的根本，都不是为了停留于照顾或讨好自己的感觉和情绪，重复于自我的偏见，而是为了回到事物的本身。唯有诚实，天真才如期显露：我想，这个世界至少需要 / 一种绝对静止的东西 / 让我看清在刚刚结束的一个 / 稀薄的梦中，在家乡雨水和 / 松坡下埋了七年的老父亲那 / 幅度无穷之小却从未断绝的运动……（《遂宁九章·从白鹭开始》）。

如此我们才能够在《白头鹎鸟九章·母子诗》中，品味到这种有句有篇、虚实无定的奇特况味：有多大概率我曾是这孩子？ / 夏日杂货铺前，他全身赤裸 / 用一截废电线一次次触碰 / 胯下的小鸡鸡 / 然后浑身痉挛抖动一阵子 / 兀自仰脸哈哈大笑 / 身后，女店主用油腻抹布一遍遍 / 擦着正在枯萎的瓜果 // 那年夏末，洪水过度浸渍 / 瓜果味同枯蜡 / 小店里常常顾客全无 / 但有个人，总在瓜果 / 彻底溃烂之后 / 买下它们的种子 // 在梦中我用旧电线把 / 半麻袋的种子扎紧 / 跟随一个头发灰白的中年人上楼 / 我一边喘气一边 / 嘀咕："他在床底下，藏着 / 这么多种子干吗？" // 母亲说在乡下 / 好种子的好去处，是 / 放在空置的棺木里。

此时，风吹来哪怕一颗芥粒，也会 / 成为巨大的母体。哪怕涌出一种自欺 / 也会演化为体内漫长疾病的治愈（《白头鹎鸟九章·白头鹎鸟诗》）。我始终坚信，好的诗人"我"只是个幌子，或只是一种线索，只有放低自己，弱化了自己，感知力、想象力和表达力，才可以被无限唤醒，因为它本身就是世界——在悖论中，他的确能够智慧无穷。

"九章系列"文化品格上的独到和这样的命名体系，传导出的真实意趣就是，诗性来自在语言的能指和所指之间，或呈现出一种在主客二元的对立中猛烈摔搋身心却不明就里，或来自消融所有问题后近乎禅修般抽身回到存在的本然。

对于真正的诗人，精神性的构建永远在路上。那"不可见的恒河水"（《裂隙九章·不可多得的容器》），大概只有一种轨迹——在悖论和荒诞中无限接近。既然主客同源，人之身心即小宇宙，一滴水的秘密即是所有水的秘密：最开阔的心灵是独裁（见其《黑池坝笔记》）。

以上，也正好应和现代量子力学与佛道二学的共通之处：事物的特性与观察者有关。即观察者的观察机制决定被观察者的某种特性的显露。当诗人觉知它，便成就了诗歌的道德和最美仪轨：我的笔尖牢牢抵住语言中的我 / 这一刻虫鸟嚌

声 / 四壁垂直 / 而垂直，是多么稀有的祝福（《遂宁九章·斗室之舞》）。

陈先发的诗性沉思是难以被模仿的。首先是体验上的差异性，其次是思考和知识架构的差异，再其次是对时代语境的洞穿和文字样态的操控。几乎没有"九章"不能进入的事物，只须"在虚无中，再坚持一会儿"（《裂隙九章·云端片客》）。"九章"之所以打动我是因为诗人心力强大，智能丰沛，完全是在弯曲中漫向一切：大醉之后站在渠边 / 村头村尾奇异地安静 / 积水和星光中只有 / 我双耳加速旋转的微声（《寒江帖九章·江右村帖》）。

有一点可以明确，西方的认知习惯几乎是对象化的，常以"泛逻辑""泛解剖"为立足，包括基督文化和后现代的消解，仍都是主客二元的特质；中国乃至东方的认知方式多是主客同源的"返观模式"，仿佛科学的主客二元式的实证结果，与超验式真实体悟的失语处，有无数裂隙，更有无数激荡交汇……

我需要深深的告诫。但告诫不可得。/ 我们如此着迷于暗黑中的孤树并 / 逐一消失在它浑然不觉的海水之中（《黄钟入室九章·嘉木留声》）。

以我个人愚见，世上如有拥有禅修经验的诗人——他本身就是一首"最精彩的诗"。这当然是象征是喻体——"九章"还在路上，它始终在路上。如此，作者便是诗中的圣贤：我们一次次进入 / 却永无法置身其中的玄思与物哀——（《入洞廷九章·登岳阳楼后记》）；我小心翼翼切割词与物的脐带（《入洞廷九章·谒屈子祠记》）；很深的拒绝或很深的厌倦 / 才能形成的那种蔚蓝《横琴岛九章·孤岛的蔚蓝》；我们有两具身体。我是时间螺旋的 / 晶状结构中战胜了这一切的局外人（《黄钟入室九章·两具身体》）。

《戒》
谭毅
35.5cm×48cm
水彩纸索斯
2014 年

多多的诗

/ 多多

纪念这些草

秘密书写我们声音中的草
草接着草，草被无声读出
草下，一个跪着的队列
从未被石化

悲哀深处的草，因
保留这些名字深处
消逝的人，而闪耀
光辉林内的结词之灯
深处不再关闭
只接受草的覆盖
每一个词从那里来

从一场盛大的感谢

夕阳占据了大道
沉寂，已变为可以望到一切的凉台

在云渐渐打开构筑奇景的平面上
前辈还在发光，只是不再照耀
少年，已变为雕像眼中的晚霞

在万物留下阴影的那条线上
陨落与升起同样宏大
感谢物的酬劳
从被解散的礼物中
吐出最后一块金子

现实的太阳回到吃肉的海里
隐喻眷恋夕阳

词内无家

无名，无坟，无家
无名歌唱无名

再多一点无声吧
无声，高声

天空敞开了一会儿

深寂深处的波涛
已经涌上

上升到你自己

在多远的地方

多久守着多远
守着人之旷野

且独属于人

在多远的地方瞎着
这无神的几秒
这无效的无言
找到它的祈祷物

只在你眼中歌唱
这应许之地

从一片陌生的林

什么藏到各自的品种里
好像可以藏起来
拒绝空白
挤进来交换

从一片叶子的反面
我们介绍彼此
只与生命之核
约定未言的

这些树将在词语间扭动
与从未到来的说话

铸词之力

在力之外，在足够处
持续，是不够的幻觉

光，是和羽毛一起消逝的
沉寂是无法防御的

插翅的烛只知向前
至爱，是暗澹的

这是理由的荒芜
却是诗歌的伦理

需要梦与岸上的船合力
如果词语能溢出自身的边际

只在那里，考验尽头的听力

这是一条没有记忆的河

仅让必逝的流动
河若载义，便无法流去

把路交给它
跟上这流动，这安顿

石头开始唱儿歌
母亲已化为山林

从这不归的地点
已能听懂河流的讲述

归于归来

从前来的光，唱：离去

闪电的头
那是你的歌

回到动荡的蓝天
你是它的另一种欣喜

活在止处
止于最充分处

明天已经过去
已经给予
过去仍是未知的
已经说出

止境属于你
无人能有那名

（选自《钟山》2018 年第 1 期，责任编辑：何同彬。）

纪念张枣

/ 柏 桦

你和我
——再给张枣

那时你总说冷。但在狭窄的空气里，你
享受了寂静并呼吸顺畅。冬日的歌乐山
道路清爽，树在滴水，你从午休后起来
听到了窗前触手的桉树叶密集的心跳。
戴上围巾，出去走走，我喜欢多风的山巅。

你从不想成为别人，但偏偏被一个人的生活
累倒了。美还在，虽然无用；写的速度也在，
即便没超过命运的速度；笑声依旧出自你
青年时代乌云般的浓发。那一天，真实金发
注定要生辉。不是吗？幽暗的灰尘中，
连清瘦的苍蝇也吹起了欢快的单簧管低音。
啊，德意志！请听我们的声音那样苗条甜蜜。
是的，此刻是重庆幻觉！莱茵河未来的曲线！

后来，灿若星辰的圆宝盒从天而降

踅到某个人的耳边，随便挂了一个商标；
后来，社会主义手风琴的鼻音死了，
剃刀风、乡间杂货店、你往昔的嘴唇
也消逝了。看，某个人正晃起镀金的溜肩
大笑着穿过流油的街道，走进脂肪办公室；
烧烤与火锅的气味集中刺激了唯一的会计，
她在昏昏欲睡的正午打了一个清脆急速的喷嚏。

另一天深夜，你对我说起你的初中岁月：那是
一个九月的黄昏，我独自来到一所山间中学；
校园空旷，无人报到，几只燕子在凉荫下穿行；
接着天色转黑，我尴尬地睡在稻草铺就的床上。
醒来无人打扰；饥饿在胃里，可什么在黎明里？

再忆重庆

鱼相忘于江河，人相忘于道路
一切皆不可靠，唯有死亡除外

继续！老卢伦斯基，你还活着吗？
你曾在西南师院吃过糊状的面条

后来你去了天津（小傅显舟说）
管它呢……再后来你就消失了……

昨夜，在《秋天的戏剧》第七节
我又读到了你冬天等人的样子

知道吗，不仅仅是在重庆。继续！
那是死去的张枣在使你不死。

三忆重庆

　　如回到重庆，就是回到我们的青年时代
　　那只有我们才经历过的青春——黑发欲飞
　　你已上路，快！前面是早春北碚的阴天。

　　（其中有一个人得罪我了，终生地，但
　　他不知道，他天生乖戾，我判他丰都鬼；
　　还有一个人被我终生热爱，他也不知道，
　　作为礼物，他将被提前送出去很远……）

　　风景曾何其准时（1983—1986）何来急？
　　歌乐山顶的黄葛树，在八月总痛得乱抖
　　而写诗已命中注定成为我们彼此的迷信
　　——黑夜里一个个小星球，闪烁不停……

　　岁月流逝，知道吗，到了秋天就会好的
　　不，不，不，不是因为西方的钢琴！
　　是因为俄罗斯式的令人紧张害羞的友情
　　——那胸部向左倾倒的东方小提琴。

张枣在图宾根

　　幻觉。梨边风紧雪难晴么？幻觉：
　　"家住江南，又过了，清明寒食。"

　　这可不是幻觉，点火樱桃一枚：
　　韩国小商贩准时送来了辣椒泡菜。

　　大街无人，正午的火车站无人。
　　内卡河边的林荫道上无人。
　　前方的国际讲师楼无人。

无人，俄罗斯的手风琴在秋风里唱，
无人，汽车站一个老人在醉中演讲。

今晚，Paul Hoffmann 会来吗？
在荷尔德林的耳畔，我将朗读夏天：

住在德国，生活是枯燥的，尤其到了
冬末，我和自己交谈，和自己散步；
岂止幻觉？推开窗尽是森林的图宾根。

张枣从威茨堡来信

对于未来的诗人，我只是一个谜。
——Ivan Bunin

蛛丝一缕分明在，不是闲身看不清。
——袁枚

长的是磨难，短的是人生。
——张爱玲

1987 年 4 月我在威茨堡读闲书、散步
思考人生和哲学，怀念故国与朋友；
一个秘密，你懂！《叶芝自传》令我

整日销魂沉沦。5 月 1 日我想到你，
莫怕，现在我就赠给你一句寓言：
你是一只青蛙，理应想青蛙的办法。

5 月 12 日我又迎来了那美丽的正午，
（中午依然睡午觉，约一小时）

我在构思一首诗《楚王梦雨》。黄昏
我开始散步（如同午觉，亦来自故国）

"诗歌已多天未发生了，心急如焚。"
怎么办？我没有听众。怎么办！
我可不是幽灵，那他人则定是幽灵。
请再给我些时间吧，胜算在握的楚王。

在北碚凉亭①
——给张枣

一定是来自长沙的风穿过了凉亭
在北碚，在一个梨子的诗篇里
你的命运才得以如此平静

世界呀，风会从綦江吹来吗？②我
倒想它从合川的嘉陵江上吹来

花开花落，种花者已死去多年
可春天总还是要多出一个正午③

当你用右手不停地缭绕着想念……
"一种瑞士的完美在其中到来。"④

一封来自 1983 年的情书
（为一对曾经的恋人而作）

有个声音在南京的消磨中
为何不是在柏林或者长沙？
有个声音在重庆的消磨中
为何不是三年，只有一天！

我们的 24 小时呀，亲爱的
每秒都有巨变。我才 20 岁
记得吗？我们翻开了一页——
It is doomed！在劫难逃！

歌乐山巅延绵着多少山巅……
我莫名地爱上了神的热泪
而你说你只爱我俩的登临
1983 年春，火车开往南京——

真会有一个灯泡等着，像
儿子吊在我们中间？⑤多年后
我仍喜爱写信，但你已经
变了，你不再眺望；但有
另一个消息来自苍茫云海……

① "北碚凉亭"，指重庆市北碚区西南师范大学行政楼旁那座小丘上的凉亭。记得当时
（1984—1986）我与张枣多次登临。
② 但愿风不要从穷凶极恶的綦江吹来；宁肯从合川吹来，因合川至北碚这一段嘉陵江水
尤其秀美。
③ 张枣一直自称是一个"正午的"诗人。
④ 引自陈东飚译的华莱士·史蒂文斯《最高虚构笔记》。
⑤ 参见张枣诗作《南京》。

我们的 1984

一

四月诗选诞生于北碚（歌乐山植树节之后）
我还记得白日六章，在徒劳美丽的星辰之前
镜中，我们的 1984，这初春的晚灯宛如冬日
我穿梭于北碚沙坪坝，我读完你童年的诗篇……

二

桧木远离人间，蓑衣虫可怜，朝颜、夕颜里，
有莫名的箱鸟（翡翠）；可怕的瀑布呀
（某幼儿说"塔布"）！某人年纪轻轻临窗睡着午觉……
这也算有趣的事：小黄狗抬起左腿盼望着什么
头白的人多话，幸福的人便走来走去……

日记
（重读张枣《四月诗选》①）

两天的鱼，三春的鸟，
他在瑞典的南方过一座石桥，

四月，孔子在 Karlstad，绝对伏特加！

四月，"美纷纭以从风"，科学家在灯下细究语法。

① 《四月诗选》是张枣 1984 年 4 月在重庆北碚周忠陵处油印的第一册诗集的名字。

长沙
──为少年张枣而作

年十五，我要去上学
人间已变，长沙春轻，

苦夏亦好，一九七八，
少女一定来自湖南吗？

（我布衾多年冷似铁）

看！反宇飞风，伏槛含日①

爱晚亭上，白云谁侣②。

① "反宇飞风，伏槛含日"，见梁简文帝《长沙宣武王庙碑文》。据西南交通大学硕士生王治田指出："反宇"为卷起的屋檐。再据西南交通大学教授罗宁博士指出："伏槛含日"为日光映在窗棂栏杆上。
② "白云谁侣"，见孔稚珪《北山移文》。

春天之忆
——早春读《黄珂》，想起张枣。

黄珂兄："这静夜，这对饮，我们仿佛
曾经有过，此刻，我们只是在临摹从前。"

读下去，我就打开了一本更老的历史书：

元遗山，八月并州，大雁南飞
韩冬郎，已凉天气，白昼入眠

戴望舒呢，病起尝新橘，秋深换旧裳
徐志摩轻轻地，似一只燕子穿帘而去

此刻，我们醒着，说着，补饮着……

那寒春病酒的人，不是我，是谁？
那浓春枯坐的人，不是你，是谁？

晨曦，剪剪风儿恻恻冷，幻觉北京！
我乘早班车去上课，一口气喝完一瓶橙汁。

回忆张枣

有一天你将忆吴云越水，柳桥月小
也忆蓝空下，岷江上的铁索桥

少年游，威茨堡①的黑夜呀……
少年游，历历晴川，长沙娟娟②！

我知道那坐冷的人也是坐新的人
空调能开高一点点吗，达玛？③

达玛！

销魂人，今是张枣，古是柳梦梅
过桥人，过独木桥，也过断魂桥

① 张枣到德国读书的第一站就是威茨堡大学。
② 张枣当年在湖南师范大学读书时的初恋女友。
③ "空调能开高一点点吗，达玛？"是张枣在对达玛说话。张枣很怕冷，而达玛觉得空调温度已经合适了。达玛，德国美女，张枣的导师、恋人，也是他第一任妻子。

他们的一生

　鹤飞很快很快，发出哀伤的叫声，声音里好像有一种召唤的调子。
　　　　　　　　　　　　——契诃夫《农民》

那天
她有一种越南的宁静
她刚吸进去一口武汉
就迎春来到川外①，美
长大了，是有用的……

为了
两天考试，一趟火车
（南京自古注定是个插曲）
看，我写给你诗的字体

比勤奋的姐妹还要年轻……

幻觉
夏天的身体竟没有汗水
有一天，在石婆婆巷口
我发现你挑选水果的手指
突然我不信人难免一死

失眠……
蜗牛脱壳；苦桃、老木②、巴黎
我这颗心的楚国呀，真快
枣也诗无敌③，三天④鹤来迎！
傍晚天欲雪，天空要继续……

① "川外"，四川外语学院的缩写。
② "老木"，原北大四才子之一，另三位是西川、海子、骆一禾。诗中的"巴黎"是说
老木一直在巴黎流浪的事。
③ 即是说张枣诗无敌，化脱自杜甫《春日忆李白》劈头一句"白也诗无敌"。
④ 即道教的"三清"——神仙居住的最高境界。《云笈七签》卷三："其三清境者，玉清、
上清、太清是也。又名三天。其三天者，清微天、禹余天、大赤天是也。"

（选自《花城》2017 年第 5 期，责任编辑：李倩倩。）

黄灿然的诗

/ 黄灿然

互相不能给予的爱

有一次我在黑暗中看见不远处，紧贴着公园的矮墙，
一簇爬藤在微风中晃动，走近才发现
那是一个女人在哭泣，身体在颤抖，这么伤心，
一定是因为爱情，而且她一定是爱得更多的一方，
当我走了一百米再远远回望她时
她又像一簇爬藤在微风中晃动，她的上空
星光明亮，几乎是璀璨。
另一次我又在黑暗中，经过同一个公园，
看见一个男人躺在地面上，双手摊开在地面上，
呆呆地望着那几乎是璀璨的明亮的星光。
我知道他一定又是因为爱情，一定又是爱得更多的一方，
他的悲伤使他变得很随便，像这样随便地
躺在地面上，不知道脏，不知道冷，
像一个看破生死超越生死的人。
我想，要是他们互相认识，他们将有多少话说呀，
关于他们各自的爱的痛苦和失落。他们将互相支持，

最后互相爱上，结婚，生孩子，过着安稳的小生活，
分享甜蜜的小日子。但是啊，就像阳光斑驳的海面上
千帆竞驶，游鱼飞跃，在他们那美满的日常生活下
压着、埋着的，是他们互相不能给予的
那几乎是璀璨的、超越生死的爱。

忧郁果

相信我，如果你努力逃避悲伤，
努力把愁眉苦脸变成微笑，
读教人如何快乐的书，
使自己更积极，走出阴暗的房子
进入世界，跑步，爬山，
追求事业，买手机，留短发，
有条不紊地烫衣服，看喜剧电影，
开始关心别人的健康，
开始吃素，练瑜伽，练太极，
看心理医生，但仍然，唉
仍然无缘无故地忧郁，
那忧郁就是你的根苗，
你就应该好好地栽培它，
让它结出美丽的忧郁果。

我的命运

我的命运，你奈我不何。
你打击我一次，就像微风拂过水面，
因为我已做好了
接受你几十倍打击的准备。你一次次
像大牛踩小草那样践踏我，而我，
像布莱希特说的，很快又挺起来，
下次你经过时还让你吃，然后再长起来。

三十八年

婚姻不是选择，不是像你现在这样
盘算要不要、合不合适、好不好的问题。
无论你有什么决定，最终都不由你决定，
因为你身上还有个命运，你碰上它的机会
远远高于任何其他机会。因为你会变，
而变正是婚姻之门的钥匙
系在你腰上。
既然你会变得慢慢或突然爱上一个人，
你又怎么不会慢慢或突然不爱
甚至讨厌和嫌弃一个人呢。
爱只是你的变和另一个人的变的交叉点，
接着你们继续变，要么是同一方向，
而那方向也在变，要么是背道而驰，
要么是别的，不管怎样都一样。
但你想想，人类是多么伟大，
可以在千变万变中依然维持着
不管怎样的关系；又是多么可耻，
像我，我已经这样，已经这样
忍辱负重三十八年！
（他那副忍辱负重的表情
也一样伟大！）

斜阳下——给多多

十二月初，山上树木依然青翠，
一株株在冷风里显得格外坚实和清晰，
偶尔有工人在打扫落叶，更多是落花，
而更高处，繁花在茂叶上簇簇开放，恍若
缤纷而无声的爆竹；下午正徐徐移向黄昏，

浓阴和浓绿重叠，变成斜阳铺展而下的
宽阔缎面的皱褶；众鸟的合唱降为低语，
低语渐渐消失，细枝瑟瑟抖动，
一阵鹰叫撕裂高空的寂静，在山谷里
引起小小的回荡，干扰几乎加剧了
大地的呼吸；远方汽笛鸣响，看不见的客轮
驶人看不见的港湾，而附近山坡上，阳光的缎面
慢慢地收拢，皱褶加深，一条杂草遮掩的小径
朝着山巅盘绕而去……
我想起你，
不是因为我们已整整五年没见面，
一个多月没通电话——那些热烈而清醒的长谈，
你在夜幕下，我在晨曦里——，也不是因为
这几天朋友们来来去去，总有人
提及你的名字，而是因为刚才

我在山路上遇到一个人，他的背影
酷似你，特别是他那头白发，
他那副倔强而微弯的肩膀。

雄狮入笼

十二月入夜的城市，做客于
远眺海港的新公寓楼里，
过早白了头发的诗人
正缓缓地
讲述他多灾多难的身世。
他的倔强和他的形象
仿佛一头雄狮；他的痛苦
甚至不为他的文字所知，
也不为他的墨水所晓；
唯有温柔的灯光
映出他眼角的苍凉。

他依然感谢上天
终于赋予他智慧，
使他变得宽容和平静。
可在那黯淡的角落里，
诗神悄悄叹息：她看见雄狮入笼，
知道这智慧不是为了
让诗人活得更舒坦，而是为了
使他接受前面更大的灾难
和更深的痛苦。

宝丽

仿佛还要使她清纯谦逊的质地细柔如丝，
使别人唇上话语的轻颤也振荡她的身体。
太阳在西贡的海滩照着，秋风扰乱她粗黑的头发
——散乱是她更合适的发式。
她不用更清纯谦逊细柔了，
就像至善者可以不分善恶。
她已经是小孩：散乱而且容易被扰乱。
像往返的船，从原野那边撩开蒿草而来的阳光。
她的舌。她的大吻。她的
连同海滩、阳光、西贡和晚风的存在。

相爱者

相爱者就像生下来皮肤里就植了感应器，
天各一方，然后在茫茫人海里互相寻觅，
命运让他们多少次失之交臂，终于迎来了
相认的喜悦和泪水：幸福就是他们的样子；
天和地，我和世界，理想和现实在他们眼中
就像他们在彼此眼中；然后命运又来干预：
他们平静了，也平凡了，最后由一方忍痛

拔掉已变成干扰源的讯号器，从此又天各一方，
在余生中互相回望。幸福变回别人的样子。

泥壶蜂

最近，在通往阳台的门边墙上，
一只泥壶蜂做了一个巢。
由于要回香港两三天，
所以我窗户都关牢了，
但筑巢蜂出入的阳台门
我决定不关：它显然不知道
有人可以左右它的命运，
还每天观察它的动向。
就像人，也有更高的存在
左右他们的命运，只是
有些人相信，有些人不相信，
但不管相不相信，都没人
可以证明。就说蜂跟我吧，
我们已打过照面，但它
显然不把我当一回事，
我知道我可以左右它的命运，
但它不仅可以不相信我能这样，
而且还可以证明我不能这样，
因为我确实不想这样，
也不想证明我能这样。

（选自《诗歌月刊》2018 年第 2 期，责任编辑：何冰凌。）

题画

/ 西川

题李成《晴峦萧寺图》①

荆浩、关仝、董源、巨然，每个人都是突然，突然就把野山野水收揽进
内心，同时勾摹出伟大的山水幻象，仿佛在他们每个人动笔之前，那山
山水水原本是不显山不露水的穷汉子，眼窝里有风沙，指甲里有泥，需
待他们次第认出这穷汉子的巍巍大命。仿佛在他们之前，没有展子虔、
王维和大小李将军。

现在轮到了李成现世。他又是突然，突然就把居址营丘这个山东小地方
的山水勾摹得如此清刚，不可磨灭，勾摹成记忆中天子的山水——而此
时是业经改朝换代无人认领的山水，也即属于他的山水，同时也即塑造
他的山水。他把这山水给与中国。他再次发明中国，如渺寂的先贤。

这皇室后裔，落寞的、孤傲的酒鬼，以八方之思构制小图，以万仞之心
哦咏小诗。他落笔于绢面，留天，留地，于正中央处确立横风中岿然的
寺塔，一丝不苟。这非人间的建筑只能以"仰画飞檐"之法摹画才肃穆
万分在人间。后来于《梦溪笔谈》中批驳其画法不够"文人"的沈括怎
会理解李成的心思？

这寺宇非一般茅舍，就如配合寺宇拔向天空的山岭亦非一般山岭。这山岭虽非大山茫茫，却萧然陡立仿佛是山魂萧然陡立。山魂呼吸仿佛根本没有呼吸而他确然在呼吸。

山下客栈中打尖的客人中哪一位是李成？或者山道上骑驴、挑柴的行人中哪一位是李成？或者李成是每个人、每棵树、每块石头，所以每个人都不是人间之人而是宇宙之人，每棵树都不是人间之树因伸出蟹爪的枝桠，每块石头都不是人间的石头而是璞玉只承天工不受人力。

璞玉是玉吗？蟹爪之树是树吗？秋风阵阵，此地是营丘吗？画中人物，有一位是李成吗？这《晴峦萧寺图》是李成所作吗？若非李成所作还有更狂的画家生活在他的时代而不为我们所知吗？或者，有一位比李成更伟大的李成隐蔽在天地之间吗？

噫吁兮危乎高哉！

① 该画现藏美国纳尔逊－阿特金斯美术馆。

题范宽巨障山水《溪山行旅图》

观范宽《溪山行旅图》需凌空立定，且不能坠落。

大山不需借虎豹生势，亦不必凭君主喻称。后来做《林泉高致集》的郭熙永远不懂。

这直立的黑山，存在的硬骨头，胸膛挺到我的面前。

枝柯间的庙宇很小哇就该那么小；一线瀑布的清水很少呀就该那么少；黑沉沉的山，不是青山；范宽用墨，用出它的黑，用出黑中的五色。人行白昼仿佛在夜晚。1000 年后他的雨点皴和条子皴更加晦暗。

在范宽看来，家国即山水——即山峰、瀑布、溪涧、溪涧上的小木桥、岩石、树木、庙宇、山道、山道上细小的人物、细小的人物驱赶的毛驴。毛驴是四条腿的小鸟在行动。它们颠儿颠儿经过的每棵大树都已得道。粗壮的树根抓住大地一派关陕的倔强。

而此刻真宗皇帝正在京城忙于平衡权贵们的利益。

而此刻任何权贵均尚未端详过这幅《溪山行旅图》。凝神这即将完成的杰作，范宽不知自己已升达"百代标程"。十日画一石五日画一水，其耐心来自悟道，而悟道是个大活。眼看大宋朝就要获得一个形象：山如铁铸，树如铁浇；眼看后人李唐将要获得一个榜样。

后人董其昌不赞成这样的工作，以为"其术太苦"。后人玩心性，虽拟古却与古人无关。与聪明的后人相比，古人总显得憨厚且笨拙。

憨厚的范宽独坐溪畔大石，喝酒，忘我。听见山道上旅人吆喝毛驴的几乎听不见的声音，还有岩石顶住岩石的声音、山体站立的声音、蜥蜴变老的声音。对面黑山见证了这一刻：范宽突然成为范宽当他意识到，沉寂可以被听见。

偏刘道醇指范宽："树根浮浅，平远多峻。"偏米芾指范宽："用墨太多，土石不分。"偏苏轼指范宽："虽稍存古法，然微有俗气。"——他们偏喜对伟大的艺术指手画脚。他们偏喜对伟大本身持保留态度。他们被刺激，只对二流艺术百分百称赞。

憨厚的人在枝柯间签上自己的名字，不多言。

再题范宽《溪山行旅图》

这石头。这黑色的石头。这黑山。这矗立在阳光下却依然黑色的山。不是青山，不是碧山，是黑山，是墨山。——但"黑"与"墨"皆不准确：是暗沉沉的山，随绢面变旧而更加暗沉沉。——时间加重了山体的重量感。这沉重的山，仿佛突然涌起，扑来，突然站定——虽"突然"站定，却是稳稳地站定。是它自己的主意？抑或画家的主意？抑或画家曾在终南山或秦岭的某处被这样的山体一把抓住？有谁听到过范宽的惊叹？这遮天蔽日的山体，山巅灌木浓密而细小。灌木枝子瘦硬如铁，不生虫，不生蚊蝇。黑暗而干净。这令飞鸟敬畏，令虎豹沉默或说话时压低嗓门，令攀登者不敢擅自方便。于是无人。无人放胆攀登。但其实，这又是随处可见之山，不藏玉，不藏金，不关心自己。——没有任何山岭关心自己，就像灌木不关心自己能开出多少花朵，就像花朵不关心自己是红色还是粉色。——范宽的花朵应是黑色。是夜的颜色、眼睛的颜色。有谁见到过范宽的花朵？范宽不画花朵：因为灌木就是花朵，荆棘就是花朵，正如山溪就是河流，瀑布就是河流，所以范宽也不画河流。对水的吝啬，我看到了。山峰右侧的一线瀑布，我看到了。我试图理解：这不仅是范宽的构图，这也是土地爷的构图，——这是口渴的自然本身。山下口渴的旅人赶着口渴的毛驴，走过因口渴而张开臂膀的大树。——溪水的声响在前边。溪畔大石上可以小坐，甚至小睡；可以晾袜子，晾衣服。而当这二人停在溪边的时候，必有微风送来安慰，仅有微风送来安慰，以及对艰辛生涯的敬意。他们不会在这样正派的山间遇到手提一篮馒头的妖女，也不会遇到飞沙走石的虎豹豺狼，但有可能遇到镇日盘桓山间，饮酒、悟道的范宽，而不晓范宽何许之人。这二人早已习惯了山岭的高大、树木的粗壮，而山岭和树木亦早已习惯了行人的渺小。沉寂风景中渺小的商贩，风尘仆仆的奔波者，不是官吏或地主。然即使官吏或地主来到此山间，照样渺小。这不仅是范宽的想法，这也是土地爷的想法。这是一幅几乎看不到人的山水画，却被命名为《溪山行旅图》。

题范宽巨障山水《雪景寒林图》

至人坐观天地当如无我之我坐观范宽无上神品《雪景寒林图》。
范宽坐观秦川山水当如李白独坐敬亭山。
李白独坐，独看，最终"只有敬亭山"——他看丢了自己；
范宽画秦川山水选择不让自己出现在画面上他好像会意了李白的闪念。

一千年前一场大雪落向八百里秦川落到范宽眼前。
忽然时间停止了在五代的战乱之后在这大宋朝幽僻的一角。

太幽僻了连哭声都湮灭连得意与失意的嘴脸都退下。
范宽与天地精神独往来身寒心暖。

天才们都是急性子而范宽不是。
天才们都是寻死觅活瞬间完成他们的传奇而范宽不是。

冰天雪地里的范宽哈出白气感觉除了山川没有对话者。
他踱回画室打开窗户让凉风嗖嗖直入而他以深湛的功夫一笔笔画下
这浩渺这寂静这寂寞,
这寒冷这寒冷中的爱这无限的爱,
这死亡这死亡中缓慢的生长,
这密实又透风的枝条这粗壮而平凡却终成大风景的野树,
这无人的山中小径这溪水上无人跨过的小木桥,
这冻住就拒绝倒映万物的溪水,
这梵音凝固被大雪掩埋被山岭半遮半掩的寺庙,
这木屋这不够人与牲口与树木与山岭取暖的一丝热气,
这封在炉膛里的珍贵的火,
这门口眺望雪岭和雪岭的孤单的无名者,
这危耸的无名的雪岭中的雪岭忽然从范宽获得肯定的雪岭,
这雪岭上的无我的灌木,
这习惯于温暖的南方人不能理解的冰谷里的岚雾……
远和近,
每一块硬石头都是冰凉的。

范宽究竟叫范宽还是范中正还是范中立还是范仲立他独自伟大仿佛与天
地共存灭。

题王希孟青绿山水长卷《千里江山图》

绿色和蓝色汇集成空山。有人行走其间,但依然是空山,就像行走的人
没有面孔,但依然是人。谁也别想从这些小人儿身上认出自己,就像世
间的真山真水,别想从王希孟那里得到敷衍了事的赞扬。王希孟认识这

些画面上的小人儿，但没有一个是他自己。这些不是他自己的小人儿，没有一个他能叫出名字。小人儿们得到山，得到水，就像山得到绿松石和青金石，水得到浩淼和船只，就像宋徽宗得到十八岁的王希孟，只是不知道他将在画完《千里江山图》之后不久便会死去。山水无名。王希孟明白，无名的人物，更只是山水的点缀，就像飞鸟明白，自己在人类的游戏中可有可无。鸟儿在空中相见。与此同时，行走在山间的人各有各的方向，各有各的打算。这些小人儿穿着白衣，行走，闲坐，打鱼，贩运，四周是绿色和蓝色，就像今天的人们穿着黑衣，出现在宴会、音乐会和葬礼之上，四周是金色和金色。这些白衣小人儿从未出生，当然也就从未死去，就像王希孟这免于污染和侵略的山水乌托邦，经得起细细的品读。远离桎梏的人啊谈不上对自由的向往，未遭经验损毁的人啊谈不上遗忘。王希孟让打鱼的人有打不尽的鱼，让山坳里流出流不尽的水。在他看来，幸福，就是财富的多寡恰到好处，让人们得以在山水之间静悄悄地架桥，架水车，修路，盖房屋，然后静悄悄地居住，就像树木恰到好处地生长在山冈、水畔，或环绕着村落，环绕着人。远景中，树木像花儿一样。它们轻轻摇晃，就是清风送爽的时候。清风送爽，就是有人歌唱的时候。有人歌唱，就是空山成其为空山的时候。

再题王希孟《千里江山图》

这年轻人昨夜梦见了什么？

山吗？

他起床，揉眼，带着梦境走进画室。太阳那腾着尘埃的光柱斜戳在地面。桌案上的横绢等待他动笔。他画山，但他画出的既非北方之山亦非南方之山，而是梦中之山。当他画出这群山，他奇怪为何前辈画家不曾这样画过。

他也画出水。山总是给水留出位置。而水和水总是一样的。老子看到的水和孔子看到的水应该没什么不同。但怎么画呢？以网纹画水波这是前辈的经验。他后悔没在梦中观察那水的样子。也许水和水的不同全在水岸之不同。

他已画得比自然山水本身美过三倍，但他决心美过七倍。而美到两倍就是僭越了。没人跟他说起过这事吗？他的皇帝老师呢？皇帝老师的《雪江归棹图》只比大自然美一倍或一倍半。但即使这样皇帝老师到底后来也丢了江山。

这年轻人昨夜梦见了什么？

死吗？

他没有江山可丢。他也不曾想到要让自己一条小命平行于他的山水画（而事实已然如此）。他只曾想到，将来每一位观画者都会站在他的位置上并装备上他的目光。人们每赞赏一次，他就会再生一次。画在，王希孟就不会远离。

内府的收藏他全看过了。他模糊知道，自己已画到前无古人。这有点危险，但他无视危险，继续轻轻描摹，与大自然比赛耐心。山峰、树丛、院落、长桥和小船，一一就位。他画出可以走人的小径就真有人走在上面。

一里真山真水不会让人疲倦，十里真山真水就难说了。而他让梦中的大山大水绵延一千里，仿佛他是从绵延万里的山水中截取了这一千里。可以想见皇帝老师缓缓地点头称是，可以听见蔡太师憋在嘴里本欲表达赞叹的脏话。

这年轻人昨夜梦见了什么？

（选自《草堂》，2018 年第 1 期，梁平主编，四川文艺出版社 2018 年 1 月版。）

张新泉的诗

／ 张新泉

从照片中离去

人走了
留在照片中的面影
变成遗像
与之合照的人
灵肉中会漫过
瞬间的寒凉

早晨连打三个喷嚏
估计此刻又有人
形单影只，走在
去黄泉的路上……

我和照片上的自己
商量：哥们儿，别走得太急
我码字慢，你是知道的
这部小说，还剩最后三章

杀鱼前戏

重重地摔在地上时
死，还没有完全到位
再用刀背，击头
才算大体结束了
一生

放入盘子，过秤
突然哀叹或呼一声号
会更重，还是，更轻？

药房门前的磅秤

因为免费，又是 24 小时服务
人脚狗蹄猫足，已将其
踩踏得既不合辙也不押韵
一只蚂蚁在秤盘上转圈
如果你慧眼犹在灵根未枯
大致能看见自己的小命
还剩几斤……

药柜旁，郎中捻须微笑：
命不识秤
秤不欺生

握手词

因为握手太重
曾被人夸张地表扬：
还能把生铁捏红……

心中明白，粗粝来自过往
来自砧上火花，浪间号子
以及酒精超标的工棚……

对孱弱、血凉者
不行握手礼

比如寒月
比如秋风

睡棺记

来的亲朋太多
门板也卸下来睡人时
个别山里人便会
把存放的木棺当床
那晚我在棺中
悄声问隔壁的她：
到哪里了？路好走吗？
她故意颤着嗓音说：
刚过……奈……何桥
接下来喝孟婆汤……

据说在棺里睡过的人
不能随便死，这不
我和她还耐心地
留在这人世上

安检

他说，你们的仪器
查不出来

我身上带着一把
——枪
卷起袖子
一支潦草的勃朗宁
赫然在目

他是一位阿尔茨海默
病人。他说如果有人
抢飞机
这把枪，就会
——响

他喜欢那位女安检
放下他的袖子时，她说
画得真像

天穹下

那么宽的草地啊那么少的羊
那么蓝的天啊那么大的晴朗
谁的小羊羔哆哆地咩了一声
方圆百里的青草同时扭了扭腰
满天云朵慈祥地晃了一晃

神啊，我们已经擦亮了嗓子
你来领唱，你来领唱

（选自《诗潮》杂志 2017 年第 11 期，责任编辑：刘川。）

余怒的诗

/ 余怒

每一日始于天真

老人们知道
孩子的永恒性，
不分这里那里。
我们因天真被
交付给我们的肉体。
怀疑它的运动，
以数学的精密：对复杂
感情，予以儿童化表述。
太阳刚升起，
召唤出许多形象。
幼鸟通过某棵树
获取默许而低鸣。

从未有过

我制造过的一个声音
在说：停下。从未说明

被命令的对象，某个人或我自己。
一组轮子。身体之间的相对动作。
我制造过一些工具，为了更亲密
和更好。它们从未被真正使用过，
哪怕被拿出来擦拭一次。
我有过很多次绝望，在与人相处时，
从未被当作绝望来看待。

依傍篇

六月的草色和河面上
薄膜似的光，水獭在水中的
那种光滑，一种对立之后醒悟过来
的内部安宁，像母鸟和雏鸟，相依
相傍，像中心和边缘。除了看到的。
此时我的感受与过去的人们一样，相信
有花神、太阳神，照看这里，
砂泥蚁丘、红浆果荆棘、一年生花丛，
不管什么存在都允诺以显现。

静观篇

观察年轻情侣奔跑于
其上的田野：重复其意志。
阳光好起来时，一切都清清楚楚。
一种令人血脉偾张的视觉冲击力。
不管怎么说，我都是个
懂得年轻人价值的老人。
我爱过，胡闹过，并长期在爱中（现在还在）。
可有时孤独起来，我想做自然之子。坐在远
离公路的玉米地边缘。掰玉米。远离任何人。

极目篇

当某物占据我
的头脑成为主人，
我讥讽它，稍后又觉得
这安排不坏，像一个
由独柄支撑的白伞菌。
在冬日田野我
有与人交谈的
想法并不可笑。
片岩状云在极目处，
因为远而太寂静了，
令人担心渴了的
候鸟在空中爆炸。

夏夜篇

夜空是倒悬的（不同于白天），
从这里伸出去，仍被地球引力抓着。
宁静是其中不可或缺的，密集构成，
可谓穿针之线。共生状态下
危中求安的学问——
在哪儿得到最好的安排我
就在哪儿。像一头刚喂完
草料的奶牛乐意待在围栏附近。周围还有
长久停顿的、合拢后的、与之相称的空寂。

处境篇

承认孤独的力量，
加上一点儿困惑。

花和鸟的视听联觉，
一幅画的说明文字。
这是最直观的、速记式
的表达我们处境的文字，
不会婉转和用词不当。
当一个男人在沙盘上
演示他的梦，镂空
的多层流沙建筑；
当你这么描述现实：足以
论证一颗心；并这么相信。

身边参照物

若有这么个地方让我
变得现实起来，我就留在这儿，
乐意融入一切。观光缆车上
的乘坐者，山色云影、树木岩石带给
他们的幻觉改变了他们——那儿便不是。
在端着托盘穿梭的侍者
和坐在碗碟面前的食客
中间，我才有存在着和醒着的感觉，
但并非人们所说的悲戚与欢喜。

记录

抓住他们所说的，昨天的、
今天的、瞬间的。就像是
一次失明复明，昼夜转换时的空间骤缩。
择日公开我的日记，记住我曾
做过什么留意过什么，我偶尔的荒唐不正经。
从何时开始，当我们有了时间感，我们恐惧。
荒野有了承担。视野有了刻度。

这是哪里来的一位不守规矩的教师，带着
孩子们，站在石榴树下，指点着未熟的石榴。

（选自《长江文艺》2018 年第 1 期，责任编辑：吴佳燕。）

朱朱的诗

／ 朱朱

变焦

1

越过了长城，越过了
上百里几乎没有植被的山脉，
空气中能嗅到水源之后，
就像从剜空的洞窟边看见了
一面被移至日光下的壁画：
倾斜的、越升越高的柿子林，
根重新插入了岩层，褪除霉斑，
和别的树种争抢着光线、雨滴，
绿色变得明亮，变得稠密如
熔化的金属，涌到了悬崖；
在那组接近了无限的数字里，
每片叶子都轻快于它们是无名的一，
轻快于飘落，或仍然留在枝头。
沿一道被风掀动的金色襟带，
果实在鸟儿的啄食中变得更甜了，
毫无顾忌地膨胀，瘫软，滴淌。

2
窗前的这一棵又占据了视野
（维米尔式的光透过它射进公寓，
照亮这首只写到一半的诗），
我们总是会陷入相互的探询，
像两片叶子形成一个颤动的颚。
柿子初夏时还小如刚发育的乳头，
躲藏在丛簇间，羞怯于渐增的重量，
色泽变得像发红而透明的耳垂，
经过了霜冻之后迅速地丰满，
变成烧红的烙铁，赤裸在空气中
大雪中，渴望被抚摸、被吮吸。
从未见过如此忧伤的乳房，
硬如卵石，岩浆已冷，掉落时
被枝杈刮伤。碎裂的皮，失禁的
分泌物：血，胆汁，种属，核。
我的凝视暗成一处生完篝火的洞窟。

燕山行

岩石上栽种着小村庄，
沿陡峭的白杨林
栈道如一道裂缝被落叶填满，
而天空的蓝声若洪钟，
震飞我胸中的昏鸦。
草原，羊群，湖泊，沉睡在
滑雪俱乐部门前的锹，闪着光，
连成一条没有边界的路线，
跟随它，就能翻越长城，
就能嗅到我汗珠里游牧的气息———
风，尽管刮走我身上别的种族吧！

我身上的海

　　那片海没有出路，浪
　　从层叠的沟壑间撕开豁口，
　　转瞬即至，扑向这一处岬角；
　　来，就是为了撞击礁岩，
　　以千万道闪电在一个词语上纵深，
　　留下钻孔，升到半空，蒸汽般
　　撒落海盆，变成烟花的残屑
　　藻草的流苏，变成无数只帐篷
　　搭建半秒钟的营地，突然间受余力
　　推动，又绷成一道应急的脊梁，
　　为了让下一排浪跃得更高，来了！
　　如此黏稠的穿越，以血卷曲刀刃，
　　以犁拉直瀑布，裹挟着风
　　再一次攀登，是的，只有撞击过
　　才满足，只有粉碎了才折返，
　　从不真的要一块土地，一个名字，
　　一座岸———虽已不能经常地听见
　　身上的海，但我知道它还在。

那天我被布罗茨基打击……

　　那天布罗茨基打击我——
　　这个人，死亡令他变得完整，
　　就像铁砧将轰响的喷泉
　　锻打成一株古铜色的植物，
　　他全部的流动有了边缘，
　　就连那些芜杂的枝影
　　也开始变得确凿、清晰，
　　恍若古希腊大理石上的碑铭。

传言说他傲慢如暴君，但
雄辩的空寂赠与他的文字
以我们阅读时的虔信，因为
每一行都已经成为遗嘱，伴随
喷泉关闭时那一声金丝雀般的颤音，
那湿漉漉的环形底座，就像
守护他一生的抑扬格家园——
如今他变成了泻湖躺在海边。

无题

离终点还很远，我们当中
最接近大师的人忙碌在
他建造的车站，那里
词语垒起墙，句子排成长椅，
必要的省略是窗，钟面的针
如果有一秒不指向"绝对"，就被取下。
他是耐心的，上百遍修改某行诗
好像才华只存在于概率，
他读一本旧书的手势，让你感觉
一只蛋可以无限次孵化。
他是耐心的，十年向前铺出五米铁轨，
又在某一天早晨销毁——
懂得了雪线之上的沉默，
他要求每个字的海拔。

午夜他梦见自己变成直升机，
投影掠过下一站。一年里总有几次，
他散步往回走，来悼念活着的朋友，
来人群中寻找孤独，来青春里散播末世论。

（选自《钟山》2017 年第 6 期，责任编辑：贾梦玮。）

叶辉的诗

/ 叶辉

野鸭与白鹭

野鸭和白鹭
停在离岸不远的湖中
头朝向浅岸，石头还有芦苇
一棵乌桕微微晃动，几个小时
野鸭在睡，穿着那件
老旧的蓑衣，白鹭注视着它
或轻灵地收起一只脚，佯装俯瞰
水草摇曳。天空湛蓝
像在某种远古的时间里
白鹭和野鸭，它们之间的静谧
隔着白光和灰暗的倒影
隔着不同的时代
突然野鸭飞走了，傲慢的嘴
肥硕的尾，从湖面上升起
只留下白鹭，独自站在一片涟漪里
湖面之上是正午酷热的寂静

鸡冠花

有一天，鸡冠花
会思考这个世界，用它的脑袋
悲伤只是一种气味
人类更加冷静
经书的边缘开始模糊
壁虎，骡子，性爱
将分离。拼凑的大陆
再次漂移。也许
只有森林中还有片刻的宁静
猫头鹰正在犹豫
但世界崩塌了
不会再给一点机会

大英博物馆的中国佛像

没有人
会在博物馆下跪
失去了供品、香案
它像个楼梯间里站着的
神秘侍者，对每个人
微笑。或者是一个
遗失护照的外国游客
不知自己为何来到
此处。语言不通，憨实
高大、微胖，平时很少出门
女性但不绝对
她本该正在使馆安静的办公室
签字。年龄不详，名字常见
容易混淆
籍贯：一个消失的村庄

旁边有河。火把、绳索
还有滚木，让它
在地上像神灵那样平移
先是马，有很多
然后轮船，火车和其他
旅行社、导游
记不清了。中介人是本地的
曾是匍匐在它脚下
众生中的一个。他的脸
很虔诚，有点像
那个打量着自己的学者
也酷似另一展区的
肖像画。不，不是那幅古罗马的
然后是沉默
是晚上，休息
旅客散去，灯光熄灭
泰晤士河闪着微光
看来它早已脱离了大雾的魔咒
水鸟低鸣，一艘游船
莲叶般缓缓移动
仿佛在过去，仿佛
在来世

两条狗

在大街上
我看到两条狗小跑着经过
步调正式。婴儿车
安静，车辆
缓行，疾走的健身者
像一群群刚复活的圣徒
笔直向前。两条狗

它们之间距离合适，有如
工程师和助理
少尉和大兵
只在路口有片刻的停留
作简短的提示。没有人知道
它们要去哪里
脚在地上发出的沙沙声
是一种震颤，像沙漏
那些不明白的重要之事
那些已经忘掉的隐秘

大地

古云杉能成活上万年
蚂蚁懂得如何
避开胡椒，在古代
你不会看到番茄，但这些看起来
就是现在它们共处的大地
也曾是恐龙和桫椤的大地
在它之上，巨型鸟已经绝迹
只有无数条闪着光的航线
在穿行。无人机如飞蛾
追随着一列神秘的列车遁入
峡谷的黑夜。一个孕妇
起身喝水如满月，江河将被驯服
不远处的监狱里，惯犯
已在上铺熟睡，鼾声听上去
有如《命运交响曲》的前奏

高速公路

高速公路

像一种幻象，在粗陋的地面
隔离了两边破败的
村镇、人群

犹如一根黑亮的绸带

有一天，我们的灵魂
是否也可以这样离开，沿着这条
深不见底的河流
永无尽头

注视

很多昆虫
只生活在暗影里，薄荷
只要小剂量的光
在古老的院子里，现在和
记忆并不轮值。空气中
青草的气息，其实是
收割的气息。有一扇窗子
会打开，镂空雕喜欢的阴影
会使石狮子复活：毛发疯长
利爪卷缩，它的安静只是
一种屏息。犹如谈判中的对峙
中间会有人离开，去洗手间打电话
旁边，眼窝深陷的女人
目空一切（只喜欢吊坠）
夜晚很快来临，夜里全是黑的，没有倒影
只有楼梯道里昏暗的
交易在进行。美术馆里
有一盏射灯，仿佛永远照着一张画
（它被盯死了）。老鼠在下水道

进进出出，仿佛在看天有没有亮
晨曦首先出现在树冠上
里面藏着几只寻常的鸟。而中午
诗人会坐在树荫下
注视着明亮的广场，因为
在强光下你会看不清轮廓

湿地

1
城市湿地
被保留的荒芜，如同动物
藏在洞穴边的一块
美味的鹿肉

2
傍晚散步
想起有人说，遇到大难时
狗会退到我们身后

我注视着前面
棕色的猎犬，欢快奔跑
我们间已有了间隙

3
似乎，我们
只喜欢谈论人所创造的
艺术、音乐——

植物只知道一些
仅限本地品种。昆虫知之甚少
只是有印象

是好像，如同穷亲戚

4
不能听得很远，看得很深
河水应该有它的方向
雷电也有它的出处。而倘若我知道
这些鸟雀的飞起和飞落
我也就懂得了山水伟大的奥秘

蜘蛛人

傍晚六点
蜘蛛人攀爬在街边
大厦的幕墙上，雨燕
在急速翻飞。下面
车流闪着光，保安独自
站在门口，以前
他或许曾是穿着兽皮的猎户
越聚越多的人，像山涧胆怯的麋鹿
抬头等待，他告诉我们
灯光明亮的窗子后面
是否一直空着。整齐摆放的文件
高档的皮椅，这个
统治着世界的办公室
是否也已经下班

（选自哑石主编"诗镌"丛书 2017 卷之《诗镜》，成都时代出版社 2018 年 1 月版。）

曾宏的诗

/ 曾宏

枯山水

我爱这腐朽的事物
它们经历过死亡

活着，不仅睁着眼睛
因为死，闭上眼睛
都在思考

我把你们排成枯山水
遥看繁华人间

活过，也死过
你们成为永恒
在我生之后，死之前

遗弃

桥中央，两区交界处

南北方向的车流中
它不知
站在轮胎或脚步之间
哪样更好
茫然又不容选择
白色长毛在江风中飘动
水流浅淡，已载不动轮船
而车流，继续把黄昏
碾压成一只狗
世界周而复始
却不忍看见某些事物

风景

执意爬上桥栏
为拍一张朦胧的
江景
远方那片小岛
含糊得像
远去的女人背影
年轻时
她有如三叶草般的
朴素又灿烂

这片江山已老
雾霾弥漫在整个身体里
只有一颗心
盲目地照耀

一辆白色的轿车开过去了
里头坐着我
下个辈子的新娘

虫子

长得像蚊子又像苍蝇
还有点像蜻蜓
六条腿，四根前足
搭在卫生间光滑的墙面
两条后腿支撑住
整个身子
我近距离地观察着
一只不知名的虫子

我要是长有六条长腿
天天在高处看着
四条腿的人类
洗澡，二条后足粘在
地上，两根前足
在身上乱挥乱动
我觉得，看多了
也会厌烦

上坡路

底盘厚实就
轮子有力
车就稳

骑车也一样
我看着她蹬蹬蹬上坡
简直就一头豹子

从那一刻起

我就在心里反复模仿
豹子的动作

我告诉自己
死之前
都应该骑上坡路

诗于我是一种说话方式

主要跟自己说
顺便说给
你听
仅此而已

说得好时
如婴儿学语
咿咿呀呀之音
或与花草和物的交流
或者与生和死的交心
非人所懂

说次好时
是酒后的含糊，黑白颠倒
还算好的犹如情人在私语
头埋很低
不知所云

而百分九十九时间
我都说不好话
太把自己当人类
真相，本非如此

我们看到的绝不是同一片风景

看到土洋结合的房子了吧
看到火柴盒式的中国特色
还看到水泥钢构大桥和
近景的大榕树了是吧

我们看到的绝不是同一片风景

我只看到水底的一堆乱石
它们曾支撑起一座
古老而狭小的石桥
横跨了我的
整个童年

居无定所

这丛花草之下曾是
我的家
我家之下
是千万年人类荒冢
和飞禽走兽的尸骨
或许还有
黄金、乌煤、泥巴和瓷器

都不是我的
我只曾经在这上面住过
我的未来在焚化炉的烟囱里
一部分是灰烬
一部分仍然
居无定所

木雕大鱼

又切了一条木头大鱼
公的，母的那条
早出生

造鱼前我没考虑到姐弟恋问题
就像上帝造人时对同性恋问题
也估计不足

我要把两条鱼挂在空中
游弋，交尾，耗尽光阴
并让它俩

眼巴巴望着闽江水
一生一世地
满怀希望

一只赴约的鸟

跳过中午的那只鸟
忙碌了一早上
也不休息

它要通过下午走向黄昏
请夕阳裁一身新衣
赴晚上的约

其实所有的鸟
都有过这样的经历
只是到老时，大都忘怀

无解

我一直怀念幽暗夜色里的
那两扇窗户
一扇寂寞无声
冷透心底

另一扇闪着红光
也许是霓虹，也许是
油灯或者是一团
肉体上的烈火

我一生都在
学习人的知识
对这样一双既冷漠又
热烈的眼睛，无法理解

微茫之光

我热爱的闽江波光粼粼
愿以余生反复歌颂
承诺来年把春天嫁予

我曾诅咒过万恶人间
那时我还年轻
那时我对你视而不见

如今我厌倦了愤怒
就像一只垂死的眼睛
满目皆是，星光点点

（选自《读诗·虚构的破绽》，潘洗尘主编，长江文艺出版社 2017 年 11 月版。）

垛楮①

/ 杜绿绿

1

追究三月的冷风，细问它是怎样
吹过哀牢山东的双柏县。
空中的垛楮树盛大荣耀，"开出日月花，结出星云果"②。
可我们，谨慎言之仅仅是我，史诗以外从未找到你。
诗行中为同行人的沉默选择观念
正不可避免伤害各种无法完成的诗句。
怀疑的风，
吹动不崇拜虎的我但不是左右。
芍药与高山栲啪嗒啪嗒敲打着风在老虎笙中，
镜头里的毕摩挥起长竿，追逐他脚下的阴影
我有些想放弃顽固的探索。
比如表演广场后面，这座禁止女人踏足的山，
我站在边缘眺望，上面除了有些深绿的野草
还有些浅黄、金黄、灰黄的野草。
为什么要凝视它呢？
你，世间的垛楮树并不在其中。而"风在山中"③。

2

这棵根深叶茂、深入四方的树异常迷人，
每一段有关垛楮的描述，都像是先人
留给后世的谜语。那时没有天，没有地，
现在都有了。明晰的季节，强光在水面回放
独眼人、直眼人与横眼人的时代。
我是否正处在这第三代人的进化中，或者是
被抛弃的一个？乌云滚动着从远处覆盖过来，
我无能为力。我很冷，
山顶的这段路正经受阳光的切割。
褪去色彩的草地，往上是成片马樱花
往下的小路我独自去察看，
所有秘密快要揭穿，骤然下降的一个坡底。

3

他说迟两个月来，是最好了。
我看着那些未复活的花在他漆黑的脸后
不断向上生长，柔嫩的茎呈现透明状
在空中尽情旋转，像一群失业的舞女重新回到了
剧院帷幕后。她们拉开幕布偷窥观众是否坐下
数数卖不出去的座位，将彼此捆绑，
种在这片土地上；她们一曲未完不见了，
他拿出手机
给我看两个月后的这里。
最好的一片景致。这位年轻好看的村委书记，
请留步，你知道那棵，让所有鲜花失去色彩的垛楮
在哪里吗？

4

公塔伯④推动这一天又要过去了。
地下折射出无数的光
这棵想象中的树，傲立于此间
持久为我低语诸事的起源。我还是个孩子时，
一个民族流传的故事
或隐秘的暗语会像深埋的铁矿一样打开，
它们在口语的扩散下多么神奇，
像我们夜宿的安龙堡，黑夜里发出
呼啸的风声与哭泣声。白日我曾踩住倒下的圆木
攀上弃用的土掌房，我在屋顶被莫名其妙的力量
推得摇摇晃晃，垛槠便在空中看着
它时而竖起，时而横卧
似乎对我的好奇表示更大的好奇。
它很快浮向更高的空中，枝叶呼啦啦扇起大风，
它在风中越来越远时，当然令我生出崇拜之心。

5

那神圣的火苗是狂欢。
晚饭时我去找厕所，
离开青松铺地的桌边，要走过干冷的枯草地
不算远的一截路，有位彝族女孩为我照亮
她手心的火突然熄灭后，那边更黑的地方
沉寂的树林，垛槠理所当然
来到我模糊的视野里。我的视力比白天时更弱了，
可是这垛槠却异常清晰，
每一片叶子上脉络的走向都在引我屏息静声。
"你看……"
我扯住等我的女孩，伸出手
一根根树枝在我的手心燃烧。她惊异于这件事，

远处的垛楮冷静地退后
它令这万物生万物长，我们活我们可能的死亡
竟从不使它动容。一种残忍的俯视。
那晚后来，我点燃了木柴堆起的篝火。

6

我没有宿在绿汁江边，我住在毕摩庇护的镇上。
我太累了，下午错过了去见他
没有人提醒我见毕摩的时候可以问什么，
我也不打算请教垛楮去了哪儿。旅程快要结束，
垛楮再也不曾出现。我看不见它了。
过去我也突然失去过很多东西，情感、能力、运气
实际上我可以失去的东西很有限，
我还是活着，那些远离我的一切像个迟到的预言
尴尬地补充事件的进展。我并不盼望它们回来，
我珍惜身上从不离开的这些，我的遗忘。

7

我在爱尼山脚发现三只黑色的虎，
它们正在饮水和跳跃；可能的观望
来自我对它们的探寻，这几只虎的爪子
落在溪流边簇拥的石头上；
雄健的身体陷入黄褐色的山景中。来这儿的路上，
高大杂生的草木打动了我，我按下车窗
让风席卷起山路上四散的黄土扑向我；
我的眼睛，有些酸痛
这几天我不断点眼药水，希望更准确地看清垛楮。
它像是久未发生的一个梦境，
我得到一把垛楮种打算播撒，
三只虚拟的黑虎轻轻咬开坚硬的种子

又埋进土里。它们是光，
是地上和山上的神，我的安慰。

①垛楮，彝族传说中长在天空里的一棵树，出自《查姆》。
②"开出日月花，结出星云果"出自《查姆》。
③"风在山中"语出双柏副县长宋轶鹏。
④彝族世代所崇拜的三个神虎名叫"塔伯"。

（选自《椰城》2017年Z1版，责任编辑：蒋浩。）

世界隐秘的渴望

/ 蓝蓝

白杨树

白杨树，我想成为你毛茸茸的叶子。
当你笔挺站立，我想成为你闪亮的颤动。

你在风中起舞，
我想成为你嘹亮的嗓音
歌唱九月高阔的天空；

当你钻入云天，我是你脊柱的力量
是你根须里隐秘的泉水；

当你对大地说着飞雪
我顷刻成为你滚烫的新娘，
在落叶中成为篝火的上升。

我是你收集的蓝色闪电，
是你岁月的速记员；
我是你杨穗产床的合唱队

当你在春天长出毛茸茸的叶子——

坐在海边的女子

坐在海边的少女，甜蜜的双唇。
（山野闪开一条小路，赤裸的少年来了。）

坐在海边的女子，发烫的双唇。
（金色的胸膛。金色的大腿刮起了一阵晨风。）

坐在岩石上悲伤的女人，熄灭的双唇。
（念诵佛号的僧人来了。）

摘扁桃的老妇挎着篮子来了
悄悄带走了他们。

在爱中

我不爱你，假如
你懂这灼热；

你懂这寒冷的雪
冰层下一动不动的鱼。

我不寻找珍宝。

我听不到也看不见，当你
沉默着从我跟前走过。

不要觊觎上天的分配
我倾慕真理远胜于其他。

我爱这绳索，这镣铐。
我不占有任何事物——除了
我自己的双臂。

我爱单人床木板的坚硬
和一个人形冰冷的痕迹。

世界隐秘的渴望

世界隐秘的渴望：
使雨化成雪的冲动。

使夜成为萤火虫，
萤火虫成为星星。

使一个人成为所爱的他者
眼睛成为倾慕的景物。

干渴的人成为水
鼻子成为香气。

是现在你想着，思考着
像巨石滚下山坡——

世界在雪崩却没有
一棵草因此被擦伤，倒伏。

听写

他说：来吧，让我们听写这世界

就在这里，深深垂下头

你看到荒寂无边的野草

它们是牵牛、灰灰菜、泽漆，

是车前草、苍耳

是马齿苋、飞蓬和白茅

是蓬勃杂乱又俨然有序的生命

这其中的任何一棵都能拯救你

尤其是墙边老去的那一棵

尤其是被虫子咬得千疮百孔的那一棵

一切都是节奏

一切都是节奏——

潮汐、奔跑、呼吸

山峦高低的起伏。

一切都是节奏——

四季、生死、昼夜

词语和语调的生成。

伐倒的树，那神性的年轮

播放节奏的神秘；

鸟羽和翅膀

在空气中书写着节奏的对称。

哦，眨眼睛的人

哦，号脉的大夫

因爱而合一的男人和女人

叠起这首诗的音阶——节奏！节奏！

节奏就是爱，一支宇宙之歌

鹁鸪鸟叫着春天深处
绵绵不绝的旋律。

一些遥远如星辰的词

那些遥远的词，从另一个古老星系
朝你飞来——拖着冰冷的火焰

时间罗盘的指针
北斗星的勺把——悄悄对准了你

晨起，系上围裙
给孩子们煮粥，凉拌菠菜
听到少男少女对着手机窃窃私语

你等待收割的宁静中年
你开始枯萎的额头上的田垄

总有人在哭，既然你双眼噙泪
总有人在笑，你也在其中微笑
——已经到了腾空自己
为孩子们让出世界的年龄

你爱的人爱上了别人
也是好的，你这么想
你没有得到的幸福别人得到了
也是好的—— 一碗清水映出你的脸

那谁都不再期待的，都在早晨
你眼睛所能看到的爱中

一切都是好的：路边小吃铺弥漫的热气

结冰的水洼，孤零零楼群上的一只风筝
你知道的是那么少：
一群细腿鹿带着山岭奔跑，而一架飞机
一头扎进落满白云的蓝色大海

像初生的婴孩睁开好奇的眼睛
哦，亲人，你就要开始认识他们
哦，你不知道谁是你的敌人
——这世界神奇而壮丽

一件件丢弃的东西使你越来越轻
这样多好，你知道
它们会一样不少围绕着你的脚踵
飞舞盘旋——它们知道
为那些丛林陷阱和枪口你始终保留着
一头年迈母兽的愤怒

在午后的困倦中，没有恐惧
蜜蜂的嗡嗡声离你耳际越来越远
——这缓慢的，这好而又好的

愿望的愿望

我的愿望想失去它自己。
我愿望的柴堆想熄灭它的火。

它太亮了，
以至于看不清任何一颗星星。

死在呼唤它自己的死。
绳索有扭头咬断绳索的冲动。

我会放你走——就是现在。
我剖开胸膛，血新鲜地散发着热气。

苍天，我知道万事万物都想回家。
击打着弯镰的铁锤，一把斧子的木柄。

你会回来，愿望和它脱落的囚衣
当你成为那最自由的。

（选自《诗刊》2018 年 2 月上半月，责任编辑：聂权。）

桑克的诗

/ 桑克

更小的生活

快乐并不难找，
咖啡，可乐，似是而非的相声，
而烟被冷落如同国际象棋。
没人注意惊恐的时间
正从一篇文章的地基之中冒出来，
带着牙缝的血沫，啤酒和榴梿。
夫妻们郑重地握手，庆幸
共同的世界观。

2017.2.4.11:46

冬天

琐事都是美好的，
琐碎的雪就是其中一个不典型的典型。
清新的冷风吹过脸颊，
好像少年的回忆。

书里的人物，
全都站在眼前，而且从服饰、举止，
你就能看出来他们是从第几章里出来的。
手里全都是新鲜的洋葱。

冬天的消遣
看起来更像消遣，比如炉边看书，
被窝里喝咖啡，
或者浏览手机新闻。

谈论护照应用范围，
如同阳光照亮单身女性生活的男士或猫。
在无枝无叶的杨树之中，
透视精神的骨骼。

调整内心电台的杂音，
收拾破烂，以中等价格购买的收藏品，
各种采访证，来自不同地貌的各种石头。
与之相关的事件已不完整。

侦探复原撕碎的信件，
里面的字母代称究竟指的是谁？
Z 是姓张还是姓郑——或许只是
向异国复仇者致敬？

有意将格局限制在
冻结的河面之中，并不是为了看清什么，
只是为了创造无限——
感到费解的主要是

那些融化的事物，

比如蜡，比如曾经冻硬的蜂蜜，
比如在井井有条的医生聚会中发动的
小小的起义……

2016.12.11.16:02

建议

写日记维持理智。
只能做到这一步。
你身边还有马蒂，还有
大蒜项链和桃木剑。

交谈来自左肺和右肺，
有时来自马蒂，他穿着夏装，擦玻璃。
玻璃没有发出酷刑一样的声音，
反而接近木头

轻微的咏叹。
只有写诗让人意识到活着，
而非僵尸，丧尸，手抡铁锤的人，
在东欧小说里烧稿纸。

马蒂时而风趣时而迷人，
时而变成烟雾，藏起计算机。
你对他咆哮，他就消逝，
留下一副夹着菠菜叶的假牙。

鳗鱼漫游于你的生活，
偶尔开口仿佛嘴里塞着高音喇叭。
你睁大眼睛听着开头，
你闭着眼睛任结尾蛭吸走你的血。

创造和陌生人交谈的机会，
不仅是奥托植物，它们全都患有
高海拔缺氧症，而将所有力气用来痛哭，
用来丰富虚拟的人物。

镜中人物并不是自己，
他和马蒂仅仅服饰相似，面貌尤其不同。
把喝咖啡肢解为十五道程序，
显然高明于磨煮喝三道。

才能不会干扰作风，
处心积虑的脚丫必穿漫不经心的袜子，
匹配仅是测试程序，测试
拆了织织了拆的命运毛衣。

2016.12.15.13:19

暴风雪

旷野上的暴风雪
比批判更猛烈，
杨树的骨头居然
比石头更硬，
让某些人汗颜。

乌鸦校对员小心翼翼
挑拣喜鹊主笔的错别字
并使之臻于完美，
或者反复考量"巴马"
与"马巴"的差异。

冻硬的白玻璃渐渐
向冰霜的山水素描过渡，
然后又向长着厚绒毛的
霜层逼近。是谁
耐心诠释着达尔文？

刮雨器直立，
仿佛篡夺天线的权柄，
防滑轮胎的花纹深陷
雪块编织的深渊。
瞪眼也看不见。

2015.12.3.16:53

（选自《诗林》2018 年第 1 期，责任编辑：潘红莉、安海茵。）

哨兵的诗

/ 哨兵

莲

所有的莲都源自淤泥，像我
来自洪湖。这不是隐喻

是出生地。所有的莲
来到这个世界，都得在荷叶中挺住

练习孤立。像我在洪湖
总把人当作莲的变种。而有些莲

却像人类学习爱，自授花粉
成为并蒂。这不是隐喻

是人性，但就算这个世界充满爱
让我认莲为亲，随三月的雨

在浮萍和凤眼蓝底下寻根
沉湖，沉得比洪湖还低

我也会辜负淤泥，整个夏天
开不出花来，如诗

叛离汉语。这不是隐喻
是人生。而所有的莲

都在秋日里成熟着，坐化为
绿色的果，肉身

成道，成全美
和形容词。这不是隐喻

是虚无。而所有的莲
赶在雪落洪湖前，都将离开

淤泥，如浪子
忤逆故土，步入衰老和死亡

在水产品交易行，所有的莲
论两出售，裹着莲心

小小的苦楚，便宜得等同白送
愧于分出高贵与贫贱。这不是隐喻

是现实。所有的莲
只愿烂在洪湖，化作淤泥

自我报告

入江口拖拽泡沫，能证明洪湖
汇入长江。但站上泄洪闸顶

我不能证明，谁已在江流
登场，或在洪湖
缺席。这世界，多谁
少谁，都不会改变江汉平原。弦月
午夜一点，醒来。自书桌步入荆江大堤
无边的防浪林。若在白天
这些速生白杨和水杉，总被我误认为
坟地。事实的确如此。入江口
拖拽泡沫，在林外的黑地里漂荡
闪耀，像招魂幡纠缠长江和
洪湖。而夜晚无所不知。江流
返照，衬托世界的暗角，我几乎窥见
我为何来到这个世界。不为江湖
泡沫销魂，只寄命书桌上一页
摊开的稿纸。刚刚我死于上一行
诗，却又从这句汉语里活过来

渔村

该有一座渔村，残败
凋敝，空无一人，却留有
容身地，让我在废墟上
安享晚年。我会拜椿木船为师
不管风浪多大，都能掌握
忍受颠簸和痛苦的窍门。我还会学
拴缆桩，无论谁扔下绞绳
也能安如磐石。我将向洪湖保护局
申请，拆走风力发电机
别左边摇几圈右边晃几下，转得人
不知所措。一个人待在这个地方
我已不需要那些光和电。天气
糟糕，凭湖面

返照，我就能辨明自己的路和
余生。气象好起来
我也不会循着那些便道
出湖。在渔村，我只关心日月
走势，至于读过的
见过的，网上的，世界难题
爱恨，我都已经忘记。在这个丢失
手机信号的村子，我只能从时代
走失。在渔村
可找到我的，一是
植物，二是
飞禽。有时是
枯苇，又是
离雁。我只活于鸟语
不待在人言

甲鱼

午后，趁我在书桌边走神
甲鱼从洪湖归来，躲进紫云英

紫色的下午，她背负铠甲
逃匿，母仪万方

我注意到她循着自己的路线找归宿
缩头，安身枯叶，考虑产一窝蛋

为洪湖哺养子孙，呈给
人类的筵席。想到鳖

脚鱼，更有不堪的名声仿佛
诗人，她就挖好土坑埋了自己

与天地合一：洪湖的兽
精通掘墓，比我面对汉语

更专业。但没有谁是甲鱼
谁也不知甲鱼乐。亦如没有人是我

怎么懂我悲欣。我想学她
爱这个世界，却从这个世界

消失，从不在乎落得如此
下场，是被红烧，还是清蒸

在阳柴岛

我熟悉这渔村，如熟悉洪湖的孤苦
不幸。蜈蚣草、青蒿、芡实和莲
掩埋二百一十七户渔民，阳柴岛
看起来像是野坟。四面环水
我借别人的船，早已在此
栖居。多年前我就承认
我儿子在县城学籍栏里
对我的描述：父亲
无业游魂。多年后我更愿孙子们
拿我当水鬼，而我的后来者
会把我看成什么：天鹅
朱或洪湖的珍禽？荒诞的命名之后
阳柴岛依旧十年九不收，收获绝望
寂静，我得到的回报是
现代汉语诗。正如风打渔村
送来洪湖湿漉漉的空气
虚无，也是

又上清水堡庙

三月暴雪压垮了清水堡庙
五六只黑鹳
趴在那根檩条的断口处
为争抢一窝白蚁
吵得不可开交。每扑腾一下
都会抖落腐木渣和颓败的东西
我静静地站在黄昏里
思忖，要更换哪种立柱
才能撑起坍塌的一角
我的脸避着风
一队反嘴鹬藏在雪地里
相互叫着，准备离开洪湖
迁往欧洲大陆，去这个星球的背面

（选自《十月》2017 第 5 期，责任编辑：谷禾。）

李志勇的诗

/ 李志勇

在中午

中午它开始形成，人们还在家中休息
它形成一只沉静的瓶子装入万物，里面
阳光温暖，山峰上还落着一些积雪
它形成一种秋天的空净
它形成母亲，在孩子的家门口叹息
它用手扶住门框观看里面人们走动、做饭
它形成一匹马
这里有难言的苦处和强烈的阳光
在这里它是
一个词语，它是真的一匹马就没什么意义了
它和一张纸片躺在泥污中，它知道
人们不会如此轻易地放弃
阅读任何一个词语
因为那就是他们的孤独
它形成一种与世俱来的空寂
形成田野上真实的花草、树木

它也形成一只从未有过的动物
从人们身旁走过
这里有真正的房子、树林
在这里它是幻象
它是真正的事物
就不会被保存，也不会
一直陪伴着人们

夜

很多夜里，楼下面都站着一些牦牛
你半夜睁开眼时它们就在楼下
还有很多站在街上，站在邮政大楼周围
你打开窗挥动手臂想让牦牛们离开
而它们却无动于衷
你独自流着泪
然后你已经习惯了，静静地躺在床上
牦牛，可能都是石雕的
牦牛可能都没有双眼，而在夜里漫游着
很多夜里这楼就像是一顶水泥帐篷
在风里好像晃动着
只那些牦牛的眼睛在外面闪烁着
天亮后，外面什么也没有了
太阳照着空空的街道
雪山在远处闪耀
人们的钥匙，被牦牛驮到了很远的地方

写完诗后出门

在门外，某种东西燃烧着而光照亮了这里的房子
周围山上的雪可能自己燃烧着
能看得到空气中有一个极点，有一个高峰

有一两个翻过去的人，进入了背面的黑暗
窗玻璃上和墙上，落着亮光，某种东西仍在燃烧
我走在街上
星座和星座之间的黑暗，就在高空中响着
我和你之间的黑暗，也在街道上响着

命运

多年之前在磨房中，似乎是我，在负责要让
两片磨盘
转动，而不是那清澈的流水。我在负责，
要到最后
将它们磨成两个小小的薄片

多年以后在某个小镇我依然在继续，已经
到了中年
石磨，有着更为深远的原因要继续存在
最后磨盘要被磨损成一堆粉末，之后消失

所以，斯宾诺沙要以打磨镜片为生，杜甫的
一个孩子要被饿死。我走向水边，河水
则要永不停止地流淌，拍打两岸，永不停止

手

尽管这是我不需要的、多余的一只手
但是也要戴一只手表，用来计量
多余的时间
它有时捏成拳头，表达着
多余的愤怒
到了这个年龄，补偿就会
到来，没有人会两手空空

但这只多余的手上
可能还会是空的
没有必要将它砍掉
很有可能在某一天，遇见众多死者
在握手时会用上它
它的每一根手指
都像是一个动物，安静但又敏感
很多时候，我多余的这只手
无事可做，在墙上独自玩着一种
手影游戏
只有那面墙壁需要它
将那只手，当成了
从荒野中来到这屋里的
一个生灵

春天

下着雪，但这确实是春天，山坡上有一层薄薄的绿色
她眼睛现在已成了某种黑色的宝石
时间，现在还无法将那小树做成巨大的棺木
她头发上的白雪也能轻轻抹去，恢复黑色
我们在一条溪水边站着
叹息，但是也快乐着
溪水将流出很远
自己创造出水桶、杯子，自己创造出一座大桥

夏天在州自来水公司那边

在州自来水公司那边，一座桥过去，一片平房那边
晚饭后，经常有一个月亮升起来
它比我们常见的那个稍大一些，稍白一些
昨晚它也出来了，而我正在另一条街上忙碌

市镇，偶尔会有一两个鲜艳的气球慢慢飘起来
我今天回家时已是深夜
最后，快到家门时才看到了自来水公司那边
升起的那个月亮
静静地挂在天上
我疲惫地躺在床上，却睁着眼不能入睡
它将自来水公司那边的街道、房屋，照得一片明亮
并正在慢慢飘过人们的窗口
但是似乎也没有人发现
空中的两个月亮

童年西瓜

全家人坐在一起，父亲，让我们把菜板和菜刀
从厨房拿到正屋，之后他自己来切瓜
炎热的夏天，一两朵云停在天上
我们这些孩子仅仅吃过些山上的李子、樱桃
西瓜，想象中里面就是
来自山里，保存了很久的红色的山雪
父亲第一刀，总是先要从瓜蒂处
切下一片瓜皮，用它擦拭菜刀的两面
说要擦掉刀上的油腻，不要影响了瓜的味道
夏天的清爽，几乎就是他这样保留下来的
对于我们，味觉似乎比任何东西都更现实
比石头还要长久，也更为真实
几乎没有任何幻觉
父亲擦好了菜刀。夏天炎热
我们多次踮起脚摘过还没熟的李子和樱桃来吃
现在舌尖上将带着它们的那种酸涩，来吃第一口瓜了
周围的事物，都保持着西瓜那样的鲜艳和真实

大象

四楼，我房间暖气片周围
有一片茫茫的
热带雨林
里面，生活着一头大象
客厅里，君子兰盛开着
却一片寂静
只有大象
在地板上独自走动
让我的生活完全地成了
一个文学故事
让上班，买菜
变成了虚构
窗外雪一片片飘落
我坐在角落里
从我这里，某个人离开了
而给我留下了这头大象
我痛苦地
照顾着它。冬天过去
暖气停止，而它仍活了下来
在那里走动着
只我见过它腿上的伤口
和它脸上的悲伤
只我知道最后
它会长出翅膀飞走
而屋子里会
留下一片
真实的空寂

（选自《扬子江诗刊》2018 年第 1 期，责任编辑：顾星环。）

月色几分

/ 张常美

小僧

有一壶酒，在古寺的香炉上温着
深夜惊醒的人闻得到

有一卷经，山风中青白翻动
老鼠替打盹的沙弥念着

又一个春夜，万物醒来
疯长的胡须辜负着明晃晃的月亮

他捻去烛火，天就亮了
一棵松托着云往山的深处挪了挪

村夜不喜雨

小路在大雨里浮着
深深浅浅，灯火

如一根疲倦的缰绳
拴住几处矮屋

那些散养的牛啊，羊啊
安静，肃穆……
磁铁般吸附住潮湿的鼓声

远处，夜枭孤鸣
一声一声凿着碑

月色几分

天黑后，我们也不点灯
轻言细语，一只萤火虫就可以用上很多年

蛐蛐的叫声抬起青石台阶赶路
一座房子怎么老的？

青瓦里长出咳嗽的蛇
一点一点，舔亮了山墙上的月牙

奶奶从故事里拉出一个旧蒲团
比月亮大一圈。现在想来
也还有几分月色笼在上面……

说起旧事

春天，桃花，一口井……
美好的事物都那么深
深得像一把锁

里面住进了多少灰尘和叹息

不可轻易打开

木桌上，一封信等待署名
丑丑的塌鼻子男孩
踮起脚，往瓷瓶里插进一把旧鸡毛掸子

管中窥

豹子已经离开很久了
而我们还在颤抖
它嗅过的日子越来越冷
它的领地积满落叶

它叼走的孩子又一次出生
已学会吸烟。已学会
往脸上涂抹新鲜的血

当我再次举起望远镜，对着辽阔
眺望，小路斑驳
如豹子拖着的枯尾巴
不停抽打自己

看瓷记

花开的茂盛
山水仿佛没有经历过沦陷
美人有羞赧的红晕

没有一条路可以靠近。她在独居
而不是囚禁，没有什么能囚禁美

没有什么可以成为苍老的理由

头顶上，镉紧的星空也不能

无数次的端详都是徒劳——引诱我
一个失败的远观者

唯一的安慰是，每一次
她都正好在对着我梳妆

庇佑

请一尊菩萨，烧一炷香
守一座庙宇
念一世经。又如何？

被封在深山雪中的瘸腿老僧
还不得被抬下来
还不得酒肉三日
歌舞助兴。还不得
夹在李富贵李富祥兄弟中间
端端正正，叫李富全

三块石头，隔着一段年月
在一棵祖传的大树下避雨

清明

如针的雨中，他赶回来
我们没有起身相让

一条长凳。一半在灯火下，一半在阴影中
窄窄的光阴在人群里变幻着

他坐回我们中间，像极了去年
忍着痛，饮酒，安慰我们

捷径

永泰路和新都大道之间
竖着一块高大的广告牌
就像你看到的
——崭新的香格里拉

阳光也会经过一道筛子，万物
有了网格状的轮廓
多么美好，多么适合赞美

天还没有大亮。广告后面杂乱的生活
还没有拆迁……抄小路而过的人
照样能撕开广告上美女的裙子
隐身于小巷迟迟没有散去的雾霾中

在火车上

在火车上，对着玻璃窗后面的异乡剃须
冰凉的颤动，像来自铁轨的回音……

一节节的晴朗曾停在你的少年时代
那个胡子拉碴的装卸工
从车站回来。口袋里
唯一的硬币，被偷放在铁轨上

在火车上，你确信了他的告诫——
那种呼啸，真的可以把一切碾为齑粉

在水边

（下午，坐在湖边）

一尾鱼闪电般
从倒影里叼走一只蜉蝣
我才发现自己的晃动

（远观）

在夕阳涂红的水面上
白云、水鸟、树木、群山……
皆有不沉的安详

桥还没有建好，对岸遥远
不必多想人间的事

闲倚在栏杆边
一随意的石头，比万物看上去都要凝重一点

（鸥岛）

滩涂上，摇晃的芦苇荡无边无际

那么多鸥鸟收拢起白色的翅膀
集体嘶叫着，却都孤零零的样子……

（多久离开海）

一个从海边回来的人
像一条挂在逼仄阴影里的干鱼

得兑多少场大雨
才能洗掉涌满眼眶的盐

一个从海边回来的人
像海螺带回了无尽涛声
得用掉多少失眠
才能躲过大海对他的跟踪

（孤独症）

白鹭们藏起一只脚
静立于水面上

我藏起劈波斩浪的雄心
坐回岸边。细沙埋足

许久了……
浪花举一颗秃脑袋递回给岸

（选自《诗刊》2018 年 1 月下半月，责任编辑：王单单。）

张二棍的诗

/ 张二棍

恩光

光，像年轻的母亲一样
曾长久抚养过我们
等我们长大了
光，又替我们，安抚着母亲
光，细细数过
她的每一尾皱纹，每一根白发
这些年，我们漂泊在外
白日里，与人钩心斗角
到夜晚，独自醉生梦死
当我们还不知道，母亲病了的时候
光，已经早早趴在
低矮的窗台上
替我们看护她，照顾她
光，也曾是母亲的母亲啊
现在变成了，比我们孝顺的孩子

奶奶，你叫苗什么花

我还是大字不识的时候
跟在你的身后，奶奶、奶奶
你的名字怎么写呀
你搓搓手，捡树枝在地上
画一朵什么花，擦去
又画下，一朵什么花
又擦去，很羞涩
奶奶，我还是大字不识的时候
就不知道你叫苗什么花
现在，我会写很多字
可你的名字，我还是写不下去
那种花，字典里以后也不会有
奶奶，那种花
已经失传了。奶奶
我也是画下，又擦去。很惭愧

白发如虑

流水也腐。在转过无数弯道以后
慢下来，看见了大海
而我们，而我们是穿过拦河坝的
淡水鱼群，也望着大海
在腥咸的水里，谁有什么胜算
不过是，在泥沙俱下中，一路长大
然后，静静等待一条老鲨鱼
安好它的假牙

消失

从前，我愿意推着一车柴

去烧一杯水，谁劝也不听
从前，我愿意捏着一根羽毛
去寻一只鸟。谁劝也不听
现在，我一副悔不当初的样子
下午的时候，我指着自己的鼻子
"从前，你总是把狗样当成人模"
到了黄昏，我又反思了一遍
是应该弹尽去死，还是粮绝去死
现在，我愿意推翻这一切
刚刚，某人问得真好
"在指鹿为马中，马和鹿，哪个消失了"
我还没有回答，他就消失了
或者，他还没等来回答，我就消失了
也或者，我说起从前，后来我就消失了

那年的光

七十年代的阳光，照耀着七十年代的襁褓
七十年代的小孩，咬着七十年代的乳房
七十年代的中午，饥肠辘辘的母亲们
刚刚从生产队回来
左手，拼命擦着汗水
右手，拼命挤着奶水
母亲们站在树荫下
阳光漏在她们的乳房上
仿佛每一个孩子，正在吮吸着的
就是，光

春光

仿佛一夜之间，桃花漫漶
可我知道，大地已蓄积太久，默默咽下了

许多的春光，才能淌出

那些过于好看的花儿

在燕山上，为了让自己

看起来也满面春风

我就像一个坏孩子，想出了好办法

胸前别着一枝桃花

嘴里叼着一枝桃花

头顶挽着一枝桃花

我想让这些春光里招展着的小东西

簇拥着我。我想让自己，看起来

像春光里荡漾的某一枝桃树

我就这样招摇地走着，花儿们

纷纷从我的身上跌落

我甚至能感觉到，它们

弃我而去时的快感

我终归是异类，它们无法敷衍我

终归是，桃花用过早的凋零

让一个并不明媚的人

怀抱着一枝枝，空空的枝条

在山路上，举目无亲的样子

一个人

一个人没有首都，也没有陪都。他全身

都是边疆。他的每一寸肌肤

都是兵戎相见的战场

他一出生，就放弃了和平的想法

他在内忧外患中，长大成人

他的眼神里，站满了戍边的人

他每说一句话，都是厮杀

他死掉了，不会有人用计

救活他。在奈何桥的两边

所有的，都平息了
也有人，围着他哭
但不会是，围魏救赵
也有人用火，烧他
但绝不会，有釜底抽薪

祭奠日，青山下，教堂边

青天，青山，青松
青草无边。环绕着
乡路边的小教堂
它那么小，宛如一个童话
没有神父，没有修女，没有唱诗班
只有鸟儿，飞进飞出
我羡慕它们，有一副童话里的好嗓子
我羡慕教堂边，那座年代久远的坟
听说，那里埋着一个善良的人
清明了，我看见每个
从坟前路过的乡亲，都会放下些什么
仿佛所有活着的人，都是他的后人
我想，上帝也喜欢
一个善良的人
埋在身边

153·

（选自《长江文艺》2017年第10期，责任编辑：吴佳燕。）

黄沙子的诗

/ 黄沙子

殉道者

我对那些殉道者充满敬意，
不仅仅是用死亡，活着而努力工作
也是其中一种。这个世界总有孩子降生，
也有农夫年复一年撒播稻种，
他们一遍又一遍翻耕土地，清除杂草，
用药水和笼着纱罩的灯笼杀死害虫。
我有幸在乡村生活过十多年，
享受过漫天星辰和
在树干上摩擦止痒的乐趣，
也看到过那成群结队的飞蛾
那悲伤的殉道者奋不顾身地向火扑去，
仿佛死亡也是他们的工作内容之一。
我有幸生而为人，四十多年来
一直用不断成长表达着对生命的敬意。
这是了不起的成就，
交通意外和疾病不止一次将我带到
死神面前，过于强烈的阳光和污浊的空气

时刻在加速着我的腐朽，
但我仍然努力地爱着，享受这
日益腐朽的过程，像殉道者
用肉身增加火光的亮度，
活着也是我的工作内容之一。

疼爱

这些天，天黑得早，我和父亲站在果园
晚餐后我们长谈了一阵
一些以往认识的人，现在长眠于此
借着星光，父亲向我逐一指认，并让我答应
在他死后我也能像他一样，分得清哪一块土地下
埋着尸骨，哪一块藏着植物的块茎
曾经无比辽阔的天空，和此刻茂密的苹果树林
加深着我们对被废弃的家园的怀念
我从没有见过这么多的果实腐烂在枝头
却无人问津，仿佛冥冥之中
神灵在暗示，只要
云中还有雨水落下，地上还有青草长出
那些施与过的人，且把你们的疼爱与欢欣保留几分

北风

死去的大伯，是一个沉默的人
我总是看到他坐在门廊，慢慢吸收着热气
曾台村的夏天只有树上的蝉鸣是欢欣的
大伯坐着，纹丝不动等着黄昏来临
他起身背起农具，解开树下歇暑的水牛
一个人，一头牛，趁着好时候出门
我看到很多人离开家，有时候是早晨
露水形成和消失时，道路是软的，可行走的

在乡村，时光廉价而多余，死亡也兴不起波澜
播种与收割何时进行，取决于虫豸而非天气
我看到稻螟虫在灯罩上飞舞，那是它们
厌倦了进食，广阔的平原将有北风吹起
而每一次北风吹起，我都会遗落一个亲人
先是大伯然后是大伯母，他们走后，天有些冷

（选自《作品》2017 年 9 期，责任编辑：郑小琼。）

杨沐子的诗

/ 杨沐子

画室：360° 之外

有人在晒被子，她拍乱了上午
语言里要复生的东西
像水流那般流淌，经过
桥、田埂、邮局
一块沥青在闪亮
把街区弄得扑啦啦，非常扑啦啦
像披上流变观念的外衣在华人区

天空，蓝的丝绸仍裹着山脉
蜂嗡嗡着沸腾，我想躲藏
可手编不出窑洞来，对眼睛来说
太阳穴的跳动
会令呼吸窒息
而是什么使你的脖子变硬
树荫下，一群流浪汉
像死人一样横躺在草地上
阳光照耀着他们

阳光使他们空浮起来
我嗅到了酸味，还遇见干巴巴的屎
风一吹，青苔就倒向一边
而且一直如此，就像
瀑布落下来就会被生活抛弃

"相信上帝会引导我们"这声音
本该在教堂，在雅各的庭院
没有公交车站，也没有工厂
今天的南美，暮色
都消失在赌场和豪华酒店的后面

画室：180° 之外

8 月跳出来，港埠被绳子套在地图上
沙漠，神庙，大都会的歌声
召唤了一种共振。就像刚刚
遇见一个熟人，问完好就说再见
再见即是不见，接着是
山后的野花都谢了，伏尔加河
丛林变得昏暗，附近又一新的科技馆
贴着"闲人免进"，等于说再见

发廊，花店，洗衣店
某只手，某双眼睛
一块名牌手表，在百米高空的广告上
一个笑容可掬的名模
几个抽烟的男子，然后是
拆迁后留守的民工
对着广场和集市
各种各样的货摊
贫瘠的，讽刺的

而你无法明白这期间所有的发生
对自身作用了什么？

好吧，那么，请给我一杯伏特加
加柠檬，加盐，加冰
但没有人注意到我
"我"回荡着，像有利齿的武器
朝向往北的方向倾斜，扭曲着
一个感知，一个过往，设下屏障

画室：43° 之外

我站着影子也站着，不可逆转
桌子上是一个空的饭盒
会有一种饥饿感么？谁说不是呢
黑都具体化了。特别是窗口

狗在硕大的空地上走动，像哨兵
保持着警觉性，啊，夏天
叶子爬进叶子里，唯有房子
是顽固的
这些建筑被称为罗马风
豆田在它教堂的附近
长满寂静
却又好像不是，譬喻
变成说不出来的文字
人的潜意识力和人的内心结构
为何总是不断延展像树木往高处长？

星星打着哈欠，星星已惯于
睁一只眼闭一只眼
还有日光灯把你硬塞给苍白

在办公楼

电脑台，纸篓，门

在空洞中摇曳，我的头大如磁极

生出强烈的电流，高压电线缆

忽而翘起，忽而沉下

捣蛋鬼，夜行人，再度把你带进

第二区大楼，第五大街

小镇的阴霾

正绕过花园，在"没完没了"中

画室：教室之外

天空像一张嘴，吞噬课间操场

必须有一个呼吸道，吸纳

梨花的香气，如此一来沿西

披萨店，海鲜馆，蛋糕房

沸沸扬扬，这镶着细碎颗粒的喧闹

是先于小径的传输

还是先于花圃下的影子？

正是从打情骂俏跳跃到一种人性

如卡耐基的人性，柏杨的人性

能转化成一种觉醒么？

黑蝶，从远处缓缓飞来

光依稀落入自行车棚

管理员照着镜子，她在

脸，脖子，甚至手腕

都擦上一层粉，在瞬间

一个渴望赤裸着降临

在我之上，就像

开满花朵的公园，交错的葡萄蔓

又像穿翼纱的蝉，它鸣叫

可它什么时候鸣叫的？
于是"听见"和"看见"
仿佛依附在动力机上
而电能就是你的神经官能，莫过于此
我坐在地上，在绿油油的草地上

麦克突然大喊一声，打盹的菲洛跳起来

画室：脚步声之外

云潜移默化了那看不清的
剑麻、棉花、茶叶、木材
泊在突堤码头，黑池塘
像一块巧克力
孩子们徒劳地舔着它
空气像传译者，传译住宅楼
走来一个面色苍白
着丧服的人。却没有参照物
紧跟你的想象力；基于这一点
我宁愿自我的我
是一个模拟的自我
一个自我的模仿物，但
蝴蝶兰晕染了红绿相间的墙壁
如果这是一幅画
至少，在两种色调中
阴霾向上，向下
剥落了晚霞，在它的核桃林
园艺工把路灯点亮，天哪
我还寻找什么？
你说得对，JJ
有些访客并不是为了什么
德尔斐神谕①而来

161 ·

刚好，也是凑巧
一个两颊通红的人，他挥舞拳头
他已如大风过后还在起伏的海浪
咆哮着，在食品店的门口

①德尔斐神谕：认识你自己。

画室：5 号街之外

光把云赶入笔直的陡坡，露天舞台
一群人妖飘起来飘向街，在芭提雅
在 3 号，不是 32 号
在礼拜日，也可说星期七
一辆正忙于生计的运货车，隆隆声
让人很不愉快，这正是你担心的
C 店的主人揪住女佣的头发
打她的脸，一群拍照的挤进来
可他们不会走进附近 Espresso 吧
点昂贵的酒水，据说
人是一种最小气的动物
但如果劝他不要靠眼睛去认识世界
都是徒劳的，或许靠他的双手摸索前进
在一只飞虫低低地飞过时
时间已压弯发出不协调音的菩提树

我想过，在那儿走出"生存"这词
不是把手伸到空气
不是安排一个幻觉上的田园
真要命，月光闯了进来
月光能管理你的生活么？又
怎能把你的生活搬到门外的草地上？
芭提雅是一朵尚未盛开的花，也许

在早晨，在黎明到来之前，或者
之后，每个时段都只是续篇
如果续下去，续下去
再轮回续下去，已抽象到无法解释

画室：空洞之外

星期三跨越到星期六，这是终于
鸟落在名词上，国旗
保持着疑惑性，照这样看
"向难民提供无薪的工作岗位"
就只是新闻。我从地铁口出来
那些小贩分散坐在大街上
分割着一个开始和一个结束
所以要从哪里结束呢？结束即开始

利沃诺①在山和海之间，别墅
纠缠着绿，它周围是
一座亭，一匹马，一大片草坪
可能还会有湖和花坊
一个着粉红纱裙的夫人，她散步
扯出各种情绪
如皱眉、抠鼻子，打乱了
如第二步和第四步之间的和谐
这样一个规律怎么可以是诗？

如今，我已不读诗，诗
总是把一些跟我无关的扯进来
堆积在这个下午，一老一少
他们在打篮球，他们

/ 诗收获·2018年春之卷——

把你的世界投进篮像扔掉一堆垃圾

①利沃诺：意大利西岸城市。

喝咖啡逐渐形成

两只鹈鸟落在午后。无一物可遮盖
钙、磷、钾、钠、氯；在我体内
是咖啡的苦；比起苦
穷人们有钱喝咖啡吗？
我是说扫地的门房，他何以如一只老鼠
畏首畏尾？
白莲，罂粟，玫瑰，呵
多彩的夏至，小虫又何以在那里嗡嗡？

· 164

首先，我的头开始嗡嗡，准确地说
是匙根和盘子的摩擦声
厨娘的鞋子声，于是笑声，钟声一起而来
班加罗尔，浦那，勒克瑙①
像水和空气一样永恒
或丛林、山谷，或商业街北边

一个吉卜赛的女郎，她指头上燃着火
猛烈的蓝，两面都不见落日，亦无人
在云层堆积的地方，不是人如此渺小
而是落日留下的余晖
无法改变在你心中不断地萌生的东西
经过小饭馆、台阶
一个断句，鲜明，也纷乱
堕入沉默，你却不能定义并使用它

①班加罗尔、浦那、勒克瑙：印度城市。

犬吠的夜晚逐渐形成

哨兵在 50 米内走动，在以色列
他们不像勇猛的战士，可能是难民
鬼知道呢！反正
炮火穿越了围墙下的废墟
像旧石器时代的遗址
考古学家敏锐地拿出
铅笔、直尺和放大镜，在那里
土坯、陶器、尸骨架
被一段停滞不前的文化延续
可对于大自然这又算什么？
娜娜盯着窗外也盯着下一届总统选举
标语、喇叭，以及游行的车队
璀璨地加冕，以十倍的力量
也许，下一届将只留下脱落的头发
但，没有什么能屏除
抢了别人东西就跑的，唉
人就是这么个人，却又不是这样的天性
或者天性就是这么一个人
又或者一个人的天性作用了一个人
只因人都在同一个形态里求生

附近的狗在叫，整夜在我的成长中
把利爪伸出来。在倦怠里
一个倦怠的轮回与风景的轮回是相等的吗？
至于相等，会再次达成
另两只狗则一言不发，暗中咬牙切齿

学做酷司酷司①逐渐形成？

我需要一种形态，不像前方

一只擦过鼻涕的手
伸向小推车上的熟食
不像大桉树下，踩着牛粪的老牛
也不是结出褐色花苞的芍药
从非斯到阿加迪尔②，各种语言
交替变换，可人多么苟且而渺小
在喧闹中在靠近五月的地方

小猫咪会爬上墙跳上桌子
打翻花瓶，撕扯台布
如果你发怒，整个世界会不安宁
如果你假装没看见
是不是任由他肆意妄为？我父亲
他把水龙头架在车顶
把电钻伸进土里，石头激烈地震荡
仿佛一切都追溯到"的确如此"
我的头，我的头，脑细胞正在死亡

喂，不要唠叨啦，南吉
小心，真主会惩罚你
快去洗手，端盘子
在一个巷口深处
我们镶嵌蓝和红；在东部
我们实际上是由西班牙管辖；在北部
西班牙和葡萄牙隔海相望

① 酷司酷司：手抓饭。
② 非斯、阿加迪尔：摩洛哥城市。

（选自哑石主编"诗镌"丛书 2017 卷之《诗镜》，成都时代出版社 2018 年 1 月版。）

湖边之书

/ 王单单

1

我曾听说，湖水中

有残存的古滇国

很多次，来到水边

浪涛押解我

去往水底的城池，在那里

光阴虚置坍塌的祭台

流水修炼成精，游荡在

长满青苔的旧衢上

2

我用泥沙，捏出抗浪鱼

它遁身湖中，成为齑粉

我用泥沙，捏出白鹳

它蹬腿时，化为灰烬

我用泥沙，捏出骏马

它奔跑时，踏空在自己的影子里

越来越偏执了，这次说什么
也要给我的心一个具象
反复多次，我用泥沙
捏出菩萨的样子
可是它，訇然碎裂
和其他沙混在一起

3

古榕决定了，不再长高
把空出来的天，让给山上的菩提
偷食供果的猫，翻墙入庙
在香案上踩出梅花的脚印
观音寺中，残匾斑驳：

拘一片白云补袖，留半轮明月度经
焚香的书生，早已
蜕变成内心栽麻的人
他迷恋波涛滚动的地方
他不肯放弃驯鱼的理想

4

湖水在远处，拍击岸堤
礁石中的花朵，开成
流水的一段。潮汐带走水边旧船
不系之舟，重新随波逐流。
我的朋友杨子人、胡正刚
他们指出天边的白云，为我
解开内心的马桩
鱼一盘，酒一坛
三个人将一块僻静之地

喝成明月高悬的夜空

5

人烟稀疏，灯火寥落
湖边有山村，取名热水潭
陌生的女人们，挤在浅水中
水挤着水啊，多出来的部分
叫做浪花。终于知道了
只有水中的女人
才能将波与浪分开，只有
水中的女人，才能把
涟与漪拆解。也只有
水中的女人，才能连起
我们内心的扑与通
才能让流水经过身子
带着火焰的体温

6

一定是醉了，鬼使神差地
我不知何时候登上一张旧船
非得给岸上的人背诵自己的诗
我用最大的力气，发出最小的
声音。还真有一刻
世界安静了一会儿。突然之间
我又大声念叨：每个人的身上
都背着一条路，既是通天大道
也是遁地之门。岸上一片哗然
他们认为酒话不可信，而我
总将胡言乱语，当成神灵
一次又一次的泄密

7

真想成为三角梅
薰衣草、苜蓿
或者芦苇荡中的一株
坐在四通八达的路边，有一瞬
我跌出身外，飞至云层中
像一根飘蓬，看到自己的身体
还原为土壤，成为野外的一部分
是啊，如果一直这样
我就能长满青草，藤蔓缠绕
我就能收藏无量山上
这招魂般的蝉鸣
与蛙声

8

如果水涨船高，将会漂走
孤山上的寺庙。如果风疾浪涌
将会卷走摆渡的人胸中的苇草
苦海无边，真的回不去
我就在舍身崖题绝命诗
借鱼身做自己的坟墓
生如囚徒，而死亡会让我
重获自由。

9

明月之夜，赤身跳进水中
八仙过海后，仅剩三位了
雷杰龙是张果老

祝立根是吕洞宾
而我身正影子斜，体内
总置放一根铁拐。我们
甩水成刀，逼对方出手
时而开怀大笑，时而
悲声嚎叫。发泄之后
陷入长久的沉默
三个人躺在沙滩上
任凭吹过我们的风
一再地吹到湖面上

10

湖水的主人，在汉语中肇事
追逐自己的路上，他用一首诗
清洗灵魂的骨骸。那天
我在梦中赴死，命他提酒作陪
两个人喝到蛙鸣高冈，月落荒野
后来有人把我从黑暗中拽出来
我才退出生命的流水席
放下已经端起的孟婆汤
睁眼后，云在青天，水流窗外
一切都像重来

11

有一次，我领着儿子
陪母亲观湖，三代人
站成湖岸上，像神灵之手
扔出的水漂石
在人间激起的
三朵浪花

12

站在山顶上，眺望
湖水的尽头，渔船拖着白浪
在雾与雾之间穿行
在水与水之间穿行
在蓝天与白云之间穿行
在此岸与彼岸之间穿行
在生与死之间穿行
在时间与时间之间穿行
这真像我在人间
与你们擦肩而过
这真像我身后
拖着一条
不可逆转的命运

13

黄昏时，独坐波息湾
观看落日染红的湖水。
突然跃起的浪花，向我炫耀
它高出湖面的部分
我也在金色的海滩上
打坐冥想，试图让灵魂
荡出体外，可我又担心
它返回时，落不到
原来的位置

14

那一天终究会到来

时间如水，渗出我的身体
混入更大的水域
而我的孤独
像一只废弃的橹
仍然划动
身体的船，在另一个世界
寻找亲人，与朋友
或许——
在那里，我们久别重逢
在那里，我们喜极而泣

（选自《大家》"云南青年作家专号"，2017 年 11 月，责任编辑：周明全。）

高春林的诗

/ 高春林

歌自苦

百年歌自苦，未见有知音。

——杜甫

继续平庸吗？哎，你会在你的
平庸里死去。要知道，过不了多久，
河流就要漫过你的身体。
飞翔的是水鸟，挺立的是礁石，
我要在不可能中找到你，在黑夜
来临之前，听到你。你是你的尖锐，
你是黑暗边缘浮出的噪音。
这就对了。或许你只需一个缺口。
这噪音除了野玫瑰的不对称，就是
用拒绝，收容了没有国家的弃儿，
就是一个由骗子、专横、赌徒和
阴谋家组成的世界里，你和你情质
里的冲动，充当了两个骠骑兵。
这里的秘密，是你的偏激包含了我

偏执里的热忱——每一个人
都相信自己说的很重要，我单单
相信你——在五月波浪上的舞魂，
"百年歌自苦，未见有知音。"
而长路上的慢歌，听者还是众多。
不多又有何妨呢？假设是荒唐的，
对话是荒唐的。你活在你的
尖锐里——我在小溪的上游前行，
浪花来自山巅的小调——
你依然是超越的你。苦吗？问话
显得多余，而时间在你的声音里。

在父亲的庭院

一向都在这里闪烁——在父亲的庭院，
在我回来的夜——那些星星，在我的头顶
发着微光，照耀我。父亲和我说起
他曾闯荡在关东的两年，煤窑、饥荒和
自足，"外边就是那么回事，要是
不对付就回，这山里，冬暖夏凉，夜里
星光，抓住你……"我下意识伸了一下手，
却突然想起我的父亲从未提到过绝望，
想起披星戴月这个老掉牙的词，他抑或
缘此而背驼。在山里意味着什么？
从来就是山呼应着月，从来就是星在星河
里照亮着——人的明澈就是安宁而居。
我的困惑不在于我是另一个人，在这之外，
在过多的社会漩涡里，我必须用我的
一生辨认人的面孔。为了安宁，必须省略
过程；为了行走，必须为另一些人让路
——自然在悲叹我。我知道，我的苦
已然迥异于父亲的苦。在他的苦里透彻地

摆着简单、干净——这是他一生的星河，
光泽源于本质。仅几米的门外，公路
通向遥远，通向我生活的城、繁华、纷争
——我不愿说到这些波澜，让你也不安。
但我不许绝望——这里的星光已告诫过我，
还原不了自我也许不是过错。路要延续，
走下去等同于星月叙事。我的星月在我的
身体里。"一个人就是一条充沛的河。"

唤鱼

星空跃入水的邀请。游吧，
在唤起的波浪里，披上鳞光。
自由如少年，呼吸竹箫。
自由在，时间展开它的天空。
我遐想了一会儿，因畅游的美，
暗合了声音的弧度——
一种圣歌，干净的嗓音。
唤与被唤像一个相倾的犄角。
真的是这样，每一个人
都应该拥有一个声音的犄角，
而不是做米沃什的"鱼"——
"渴望变成跟鱼一样的生命"。
唤吧，天籁之下奔忙的鱼群，
我坐在唤鱼池边像个有记忆的
人，和你，还有和众树说话。
在禁忌，包括禁语过多的世界，
祈愿不了另外的尺度，在这里，
水清澈到我是我的一个镜子。

（选自李之平编《新世纪先锋诗人三十三家》，百花洲文艺出版社，2017 年 8 月版。）

春日山居

/ 飞廉

微雪，读《黄仲则传》

毽子穿飞，疏影横斜，
孩子们在练习让时间止步。

老桐下，我翻几册书，听
几阵鸟声，潦草、邋遢，

像醉酒的稻草人。
一滴鸟粪落在山茶上，

袅着热气。此刻，小院，雪
飘起来了，散发往事的清香；

而我们的诗人，
犹沉湎于梅花上炼金，

寒风在手背
吹开细密的小裂纹。

用破一颗文心来雕龙，
能否抵御对流逝的恐惧？

凤凰山盛夏

蝉声四起的盛夏。西瓜般浑圆的
盛夏。莲蓬被砍头的盛夏。

保险公司小职员震惊于乡下父亲
突然六十六岁的盛夏。一只贪凉的

蜈蚣，载不动太多回忆，
在溪流翻船的盛夏。

哦，王维看云的盛夏；我忙于
擦汗，忙于与蚊蝇、熊市

争斗的盛夏；我叹气、诅咒
无所作为的盛夏。山菊结满花骨朵，

网上凉鞋打折的盛夏，何其深广
然盛极必衰的盛夏……何时，

静下心来，编撰《不可有悲哀》？
哦，这到处满溢着告别的盛夏。

凤凰山秋居

南宋迄今，凤凰山
落寞了八百年。
这里，荒草终日冥想，

预见了辛亥革命。

六年来，樟木门斑驳，
把时代关在门外。
然而，忧惧与愤怒，
挟裹风雪，在我梦里，

死水微澜。昨夜，
我听见，树叶落在瓦上，
仿佛点了一盏灯。
小院，青石铺地，

民国的残碑，
锁着旧时代的情欲。
晨露清圆，迟桂花暗香
醒酒，我拂扫

桐叶，坦然想起过去
犯下的罪孽。
进屋，陈书满架，
像一列山脉。

大师们日夜
争鸣，视我如草芥，
却一致喜爱
我女儿的笑声。

春日山居

她们下山放风筝去了，
她在里屋看《小城之春》，

我一个人坐在院子的阳光下，
静静坐着。一阵风过，

吹动屋檐下几株野荠菜。
老桐枝头，莺雀啄食桐花，

有苦香浮动。
我只静静坐着，我的喜悦

像一滴滴新鲜的鸟粪，
时而滴在晾晒的春服上，

时而在青石上
绘一幅八大山人的图画。

走城南

——赠陈洛

从胡庆余堂到鼓楼，暮秋的大风吹着，
我摇摇晃晃，干干净净，
像一间退守到背街小巷、枯寂的老邮局。

凤山旧城门，中河的水很凉，
我的热血，被压在梵天寺塔下。

整座吴山，被风吹得锃亮，
那些动辄七八百年的香樟树，
药王庙、伍公庙、城隍阁，坐满了麻将客。

新月从东山升起，为这座城市打造白银时代。

雨水日遣兴

邻家春节从故乡带回一只公鸡，

每天凌晨一两点开始啼鸣，

白天更是歌唱不已——

文辞璨然，

翻译出来，大概也是《说难》《孤愤》一类文章，

大概也梦想着

太史公那样"述往事，思来者"。

宰杀之时，长鸣的激烈，

更让我想起谭嗣同。

而我这次还乡——孔子教礼的地方，

只有那群雪后的白鹅，

至今仍葆有一点子产、袁安的庄严……

万壑无声

——赠陈先发

《古木远山图》，《对坐江山图》

《溪山深秀图》，《临水双松图》

画啊，画啊，这些十七世纪，郊寒岛瘦，

早年清润、晚年萧瑟的遗民。

咬着黄山、白岳的石头，

渴饮新安江的寒水，

《晴山暖翠图》，在他们笔下，

也如此荒冷……

画啊，画啊，多少静如太古的时代重临，

直到嗜酒如命的汪之瑞，

在太平兴国寺的黄昏，

替我们所有人画出了这幅《万壑无声图》。

秋夜读黄庭坚集

北宋王朝，鱼在深藻，鹿得丰草，
而你骑一匹钝如土蛙的瘦马，
东西南北穷山远水投荒万死，
苍崖绝壁上摘一把石耳，
老杜诗集里化身一条蠹鱼……
一大群杰出的朋友，寒而极清，
苏轼文章妙一世，
司马光人如大雅诗，
沉静如雷晁无咎，
对客挥毫秦少游，
而我家楼下这满园子的蟋蟀，
多像你的老友陈师道，闭门觅句，彻夜苦吟，
读完你的诗集，天近黎明，
阳台上的盆菊，挂满露水，仿佛你写给我的信……

凉风赠舒羽

就在这时，江弱水教授打开了窗，那临水的木窗。
一阵凉风，向我吹来。大运河的一阵凉风，

从河底幽深的淤泥，从拱宸桥下，桥头梧桐间
稍事逗留因而加深了凉意，从苏东坡当年遥望

东京的地方，他的诙谐更是
一种凉，寺庙之凉，途经第一次谋面的诗人陈先发、

廖伟棠，因而又带着有朋自远方来的凉意，
向我吹来。这凉风让我长出一口气。哦，这中午、

中年的沉闷，这刚刚消逝的盛夏，腋下的汗味，
这人生之重。这一次，是大运河的凉风解救了我。

在陈子昂故地

李白、苏轼，都长着一张"蜀道难"的脸，
才华摧兀，一夫当关，万夫莫开。
崎岖凌乱的巴山，
江水的浓雾，
因而，言辞激烈，命运艰险……
灌了一肚子射洪春酒，
我走上金华山，你少年时读书的地方，
淘沙的机器船在轰鸣，
山，缓慢下沉……
我长望涪江的流水，
我渴望从此带有一种醉意，
我口吐狂言……
下山的路上，今年，我第一次看见了燕子，
你们都长着一张燕子的脸，不朽的脸。

（选自《诗刊》2017 年第 12 期上半月，责任编辑：张二棍。）

张远伦的诗

/ 张远伦

笔意

我会用毛笔小楷写我的四十九封符纸

我的兄弟们不能

他们用圆珠笔

常常因为用力过重划破草纸

不得已换一张封面

重新用糨糊贴好

我的毛笔轻灵快捷，往往可以依靠笔意

取得速度优势

我的兄弟们笔意笨拙

缓慢得像是在石头上刻碑

每一个名字都会从薄薄的纸片上

走上神龛，为此我慢下来

将笔悬在空中

和兄弟们保持速度上的一致

像是在亡灵的重量下，笔意有了必要的顿挫

佛和符

这里是诸佛村，佛这个字会经常提及
经常写到。今天，兄弟
写了四十九个佛字
他错把具符一封奉上，写成了具佛一封奉上
我没有提醒他。他心里的佛是对的
并且，四十九个错误的佛
就是诸佛了。这多么契合我们眼前的高山
和高山脚下安详的新墓
那里是诸佛寺
父亲，就埋在诸佛俯瞰的眼光中

封面

封面小了些，包不住一叠纸钱
封面小了些，包不住那一团火焰

封面糙了些，像是那张消失的老脸
封面薄了些，一个皱褶，就像在哀伤

对称关系

整个上午我就在诸佛村里对折
那些竹浆纸，决不允许刀子划伤
拒不允许墨迹污涂。我小心翼翼
内封是幽冥世界。我和那个世界
有着对称的空间
父亲已经逾越了，我还在一层纸外
做手工。将那张老脸
做熨帖，做严丝合缝，看上去
我和父亲都靠着这张纸站着

一个在里面，一个在外面
也形成了对称，这要命的阴阳关系

故岳考

我写故祖考，爷爷就在二十年前死了
我写故祖妣，奶奶就在十年前死了
今天我写故岳考
我的岳父就在四十九天前死了
我是不会写故岳妣了
岳母就会一直活着
我是不会写故显考、故显妣了
父亲和母亲就会一直活着

世上再无考妣，再无死难
我也再也没有那支写死人的笔

仝日化

仝，就是同
日，就是天
仝日，就是同一天
化，就是火化
仝日化，就是在同一天火化

农历五月初八，就是仝日
化，就是诸佛寺下那一场小火
仝日化，就是父亲的一切归零
包括肉身，和爱

像他最后的隐忍
仝日化，就是灰烬

今逢七七之期

屋檐水连续不断，溅起的水珠逼近门槛
我将八仙桌挪了又挪，符纸才能不被打湿
清晨开始我就一直在看天气
到了中午我还在看天气
田埂上的小路已经起了些微泥泞
他走回来，可能要湿脚。他会走进阶檐
准确地进入符纸上，他的名字位置
就在考字下面，空间足够

今逢七七之期
恰好他的名字最后一个，是"和"
行书笔法，适合父亲弹弹脚上的稀泥
也适合还魂，有必要的松弛

篾之变奏

请听听，篾条咬住篾条的声音
细碎地，轻柔地，在月光下，在院坝里
一床竹席正在成形

以前，它可以用来裹尸
现在，它只能用于安睡

再请，听听，篾条咬住篾条的声音
大力地，紧促地，决绝地，扭曲地，嚓嚓
嚓嚓嚓，一条竹绳正在成形

以前，它可以用来缠犁铧
现在，它只能用来出丧

——起。离地三尺，膝下三女

篾之水香

清水煮篾条，清香溢出来
俯身，看见透明的蒸馏水急速下垂
那些和黄昏作对的黑暗
有了晶莹的部分。熟透的篾条
放在嘴里咀嚼，会品出一些甜味来
有时候我怀疑这个世界的欢乐
就在微小的纤维里。比如这
分叉的篾条，可以顺着牙根
被撕下，绵软，有韧劲
足可让我不断伸长，不断地
获得无意义的后仰
寂寥的村庄，煮篾条是一件
让人心安的事情，它开始于水
止于火候。时间
不长不短，刚好迫近落日

篾之小火

我迷恋掌心，那一团小火
它有薄薄的外焰，有在小风中
动摇的瞬间。篾条获得均匀的温度
因为我绝不颤抖。并懂得
弥补火的弱势
抑制火的强势
我手中的篾条，不断地顺过
不断地从头，烤到尾
源源不断的输送，太过单纯

而被村庄忽略
晨光强大，火光也被忽略
小小的村庄，也足可
省掉我。安静那么大
悲哀，状如竹子内部掉的渣

篾之火屑

纷纷掉出的火屑
它们错过了篾条在火中
加冕的礼仪。它们在火塘里
或者草丛中，具有
暂时的亮色。这么多微火
从小火里逃出来
我不知道大火，面对一堆篾条
应该怎么做

篾之凉薄

篾条里的水
被火逼出来，变黄，发软
而我蹲在火光中，看它们在地上
蜷缩的样子，像有一点抽搐
而我看不清
这时候村庄尚未完全醒来

火里，还能取出昨夜凉薄
并准确地分享给我

篾之犁扣

让篾条在楼上待一年，青篾变成了黑篾

它具有更深的烟火色，更轻盈的线条感

到了春分就可以取下来了。把篾刀提前磨亮
把黄篾别出来。别，是一个细活

卷起来，绕成一个字——8
就可以套在犁上了，就是老牛的绞命索了

牛栏边，有几个没有崩断的8
而老牛死了十多年了，爷爷死了二十多年了

这个绞篾的手艺，无非就是左手顺时，右手逆时
扭一下，简单，像是自残

更像是一个没有传人的
绝活

（选自《汉诗·雀巢飞》，张执浩主编，长江文艺出版社2017年11月版。）

张凤霞的诗

/ 张凤霞

花园之忆

1

时光并不连贯，只有聚光灯
照亮的部分，才被印在时间之书上。
那些饱食光芒的叶片拖着影子，
不得不离开枝头，将记忆锁进泥土。

你消失的时候，我在我身旁
添了一本烧脑的哲学，
它们总是在某个句子的余音处饶舌，
喋喋不休地争论着上帝、时间和死亡。

只因夜色缺失了分寸，很多这样的时候，
我将手指搭上琴弦，把音阶上的尖叫释放出来，
让哽在喉部的秋风，催下隐藏已久的雨滴。
外面的雨，从来都没有我的下得长久。

接受明亮的事物吧，灯光也会提问到天明。

我有两个失眠的晶体，能用
左眼学习日落，右眼学习月升，从此，
两个不同的影子跟着我，一个金色的，另一个是蓝色。

2
树木与我有相同的站立方式，
叶片和头发都学会了排遣，
简单的舞蹈和飞翔，成为某段时间的仪式，
就像马尔克斯安排的雨下在寓言中一样。

有时，我从小说和电影中走出来，
面对光芒中短暂的失忆，
盯着天空强烈的光线倾泻而下，
在一张白纸上提起笔又放下。

油菜花盛大开放，春天仍有多处留白，
太阳时不时调着色盘，把十里黄花收入画夹。
多数时候我在春风外旁观，
画里画外空无一人。

在香气中撤退，直到消失于蜜蜂的弦外音。
当词语的暖流袭来，我却无法承受它的温柔，
我别过脸去，再一次迎来了雨季。

3
花与花多么的不同。茉莉是白色的，
玫瑰有多种颜色，而她是红色，你是紫色，
不远处，它却是黑色的。

我常常分不清自己是什么颜色，
挎包里混装了各色的黎明和下午，
而夜色尤为清晰，有时像灯光，有时像星光。

即使有光，我还是把时间涂抹得不恰当，
我探索过流水的曲线，可仍算不准
你的友谊，会在什么时候经过。

我暗恋过雷诺阿的色彩，
柔和中增添暖意，金色里添加了阳光。
每当这时，我的抽泣带着震动，试图把大海呕出来。

4
春末的竹林深处，有残秋的铃铛在响，
那时候沙沙的竹叶带着你的转折，
飘落另一个方向。
你将自己翻向它页，发誓说
只有你们的爱最干净，你们的心最纯洁。

其实，花园里的荣枯遭遇相同，
只需再来一场春雨，街市上很快开满缝纫店，
衣裙一件接着一件摆上大街，美人计
一个套着一个。

当穿过小巷，拐进浓密的树林，寒意上升，
一长串时时停顿的句子，带我到了山顶。
露水和雨滴挂在零落的树枝上，
还是那么晶莹。风数着念珠，
似乎一切淡然了，
你回不回来都不惊奇。

5
有时念旧是必然的，会突然想起
一本书被翻过的页面里，我们说过太多的话。
你看，云朵的白衣有时会换上铅灰色，

金鱼在里面好奇地游动，水面上
还有低飞的蜻蜓从波纹间擦过。不远处，
梨花开了，桃花、辛夷花、海棠花、杏花儿
跟着鼓起掌，我们都像天使。

有时更是倒影。如果一枚未曾预料的石粒
滑入水中，搅乱了那些平静的影子，
我的生活就会晃荡。而你全然不知
我从石头里发出的微笑，
与所有的笑声没有任何区别。

有时时间握着一个遥控器，先按下回放键，
再确认记忆里清晰的画面，
点开，播放，像低语，像重逢，像新生的友谊。

写信

印有心兽字样的书压在一张白纸上，
它刚随带格子的光线寄来地址，并于邮件中
挤出微汗，它吐了吐舌头，安静下来。

此时我坐在书桌前，打开无极图，
观察蚂蚁在树丛中奔跑，一粒粒搬运沙土，
建造蚁穴。它们懂得土地的深浅，
把词语垒上城堡。

这些时时排列布阵的小黑点，
以它特有的建筑术语，
缓慢移动我的笔尖，
像我在树阴下荒废的生活。

我一直在写这封日渐衰老的信，

自下笔时，那张无极图就已阴阳两极。

"能用的词语越多就越发自由"，
但纸上的积雪，仍盖住了小兽的爪印。

（选自哑石主编"诗镌"丛书 2017 卷之《诗蜀志》，成都时代出版社 2018 年 1 月版。）

《废弃》

谭毅

60cm × 80 cm

布面油画

2013 年

潘洗尘诗选

/ 潘洗尘

为一株盛开的三角梅

为一株盛开的三角梅
枯等了卖花人 40 分钟
然后跟着送花的手推车
一路与街坊打着招呼
穿过熙熙攘攘的半个古城
再加上移栽　浇水和施肥
整个过程　耗光了我的一个下午
这可能是我来日的几万分之一
如果天有不测　可能所占比例更多
但这个过程　仍比这首诗重要
至少　也比写这首诗重要

2014.5.2

现在我只爱一些简单的事物

从前　我的爱复杂　动荡

现在我只爱一些简单的事物
一只其貌不扬的小狗
或一朵深夜里突然绽放的小花儿
就已能带给我足够的惊喜
从前的我常常因爱而愤怒
现在　我的肝火已被雨水带入潮湿的土地

至于足球和诗歌　今后依然会是我的挚爱
但已没有什么　可以再大过我的生命
为了这份宁静　我已准备了半个世纪
就这样爱着　度过余生

客居大理

埋骨何须桑梓地，大理是归处
正如老哥们野夫说：
"不管我们哪个先死了，
哥几个就唱着歌
把他抬上苍山！"

2015.2.8

肥料

我在院子里
栽种了 23 棵大树
银杏、樱花、樱桃、遍地黄金
紫荆、玉兰、水蜜桃、高山杜鹃
她们开花的声音
基本可以覆盖四季
每天　我都会绕着她们
转上一圈两圈儿

然后　想着有一天
自己究竟要做她们当中
哪一棵的　肥料

2015.2.8

抱负

俺毕生的努力　就是做一个
全村写诗写得最好的
诗人　将来如果能有一个儿子
我唯一的愿望　就是他
能把老子的理想发扬光大
做一个　冲出小村
走向世界的诗人

2015.11.30

祖国

买一栋尽可能大的房子
不是为了住在里面
而是为了死得其所
对于一个没有归途的灵魂
一座有花园和露台的房子
一张宽大的床
一套舒适的沙发
就是他能够拥有七十年
地大物博的祖国

2015.12.30

父爱

女儿越来越大
老爸越来越老

面对这满世界的流氓
有没有哪家整形医院
可以把我这副老骨头
整成钢的

——哪怕就一只拳头

2016.4.16

负重

他给自己准备了一个
巨大的行囊
里面盛满了水和干粮

很多人从他身边经过
他们目标明确——走出这荒漠
至于这荒漠的尽头是什么
这荒漠到底　有没有尽头
人们并不知道

好像只有他没有目标
他来到这里　仅仅是为了
负重

2016.4.16

黑夜颂辞

这无边的暗夜
遮蔽了太阳底下
所有不真实的色彩
连虚伪也
睡着了

这是我一直爱着的黑夜
我在此劳作与思念
拼命地吸烟却
不影响或危及任何人
我闭上眼睛
就能像摸到自己的肋骨一样
一节一节地数清
我和这个世界之间
所有的账目

寂静的啮咬之后
天已破晓
我会再一次对这个世界
说出我内心的感谢
然后不踏实地
睡去

2016.5.7

致女儿————

从 8 岁到 13 岁
你把一个原本我

• 202

并不留恋的世界
那么清晰而美好地
镶嵌进我的
眼镜框里

尽管过往的镜片上
仍有胆汁留下的碱渍
但你轻轻地一张口
就替这个世界还清了
所有对我的
欠账

从此　我的内心有了笑容
那从钢铁上长出的青草
软软的　暖暖的
此刻我正在熟睡的孩子啊
你听到了吗

自从遇见你
我竟然忘了
这个世界上
还有别的——
亲人

2016.5.7

撒谎

成年后曾立志不为任何事撒谎
谎言的背后要么是虚弱
要么另有图谋
但就在不久前

我向患了绝症的妈妈
撒了一个弥天大谎
今天傍晚
在我长大成人后
妈妈还是第一次摸着我的脸说
"儿子又瘦了"
那一刻我强忍住的泪水
夜深人静后
终于流了出来

2016.5.31

深夜祈祷文

深夜里的这个瞬间
让我再一次抵达了一天中
最明媚的时刻
为什么人或什么事
我刚刚放声痛哭过
感谢这深深的夜
把自由、天意和福祉
带给一个内心灰暗而
深情的人

我不会为在明天的阳光或
暴雨中再遇到什么人或
什么样的命运而
浪费一分一秒
此刻　我每多写下一个字
这宝贵的黑夜都可能被
黎明删除
我要深深地　深深地闭上

什么也看不见的眼睛
哪怕用废自己的身心
也要为每一个善良或
不善良的人
再做一次
祈祷：

我看见了妈妈肺部的肿瘤
正渐渐缩小

这是什么样的恩泽啊我将
用刀刻在心上
为此我祈求上天：
也迟一点给那些坏人报应吧
我这带病之身愿意死上千次万次
也要帮他们在遭报应前
一个个都变好

2016.6.2

（选自潘洗尘诗集《这是我一直爱着的黑夜》，长江文艺出版社 2017 年 11 月版。）

吕德安诗选

/ 吕德安

可爱的星星

如果这些可爱的星星不是星星
那又是什么？该如何称呼
那么高的一种现实？那么冷漠
一生都与我们若即若离
又让人去幻想和追求
有时我常常想，直到如今
星星不过是星星，你承认它
高高在上，冥冥之中
有种力量或什么寂静的知识——
而这些都还是我们自己的事情
我们知道它非人间之物
或只是天堂里的一种爱
但它引导我们不得不穷尽一生
去爱一些不能爱的事物
去属于它们，然后才去属于自己

冒犯

我曾经目睹石头的秘密迁徙
它们从高处滚落，轰轰烈烈
一些石头从此离开了世界
但另一些却留下，成了石头遗址
没有什么比石头留下不动更令人尴尬
那高耸的一堆，那长长的影子
白天，我看见它们落满庭院
成为我们出门时司空见惯的事物
而夜里，黑乎乎的吓人一跳
其实也只是一种幻觉：一块压着一块
顷刻之间仿佛就要倒在身上
就像当初某人受到了驱逐
逐出那道门，那门才得以确立
天堂才在那里存在——啊
如果是这样，但愿这累累的一堆
也能孵出我们希望的东西来
要不只怪自己来得不是时候
才看见石头变幻，变幻着闯入视野
我们知道那是土地的变故
那是地球松动，开始了滚动——
是的，也许那时候我们恰巧路过
还不知道如何安置自己
也许那时候我们也像石头
一些人留下，另一些继续向前
那留下的成了心灵的禁忌
那消失的却坚定了生活的信念

晨曲

我原没想到，我竟然拥有一所

自己的房子，院前一大堆乱石
有的浑圆漆黑，从沃土孵出
有的残缺不全，像从天而降

四周弥漫着房子落成时的
某种寂静，而它们是多出来的
看了还让人动心：那满满一堆
或许能凑合把一道围墙垒成

但如果你不知道这些，路过时
猜不出它们出自何处，却偏偏
只晓得一句老话：点石成金
那么你怎能将我的心情揣度

啊，原原本本的一堆乱石
我想先挑出一块，不论它
是圆是缺，或是高兴或是孤独
我们真心真意，它就会手舞足蹈

无题

唤来三个陌生的石匠
其中一个是老伯，老愚公
他们知道如何用石头
在房墙边另砌一面墙

天降下石头。我在窗子里。
但我坐下写作却也能通晓
里里外外的事情：老人做了
下手。无力的缘故以及年龄

在这里正在受到尊敬——他

用来端水以及搬零碎石块
把它们填入墙心和墙缝
大块小块都落在实处

我想起"正直"这个词
我们是同村人，我想
虽然从邻村到我的厨房
他们得走很长一段路

三个自由的合伙人在劳动
享用着不尽的石头。我写作
键盘的声音伴着垒石升高
我说的也正是脱口而出的

时光

闪电般的镰刀嚓嚓响
草在退避，不远处一只小鸟
扑的一声腾空逃窜

到你发现草丛里躺着一颗蛋
我已喊了起来——草歪向一边
光线涌入：它几乎还是透明的

现在我们喝酒谈论着这件事：
那时你躬身把它拾进口袋
不假思索，而你的姿态

又像对那只远遁的鸟表示了歉意

继承

几乎可以从一颗苹果开始——它被咬过一口
一个年龄最大的孩子转身跑开
害怕被发现
在桌上，苹果留下来——
这之间又多出了几道缺口
啊！消失了多少孩子，父亲
可是在你习惯训斥的夜色里
我们曾经羞于承认
我们曾经贫穷，会发光，祈求不要这样
但是这些仍然阻止不了
那个最后的孩子消失
啊父亲
我们总是先学会失去
然后才开始珍惜
几乎没有一个例外

纽约今夜有雪

纽约今夜有雪——那又怎样
我们眼睛里的黑暗将首先降临
不是在曼哈顿和罗斯岛
也不在其他任何地方

整个匆忙的一天尚未过去
但我们已准备放下手中活
至少开始等待并感觉到
今夜将是一年中最黑暗的一夜

我们看见鸟儿飞过天边
想必它们也知道天气的变化

慌乱中寻找一次降落
就像我们眼睛里的黑暗

会在什么地方——大家都在说
纽约今夜有雪。此事虽未证实
但有一点是：明天我们不是被雪覆盖
就是被自己的黑暗完全笼罩

深夜

深夜，我梦见你居高临下
海面上一只海鸟在低飞
两岸是高高的建筑物
我看见你朝着鸟的方向挥手
似乎想让它知道你在哪里——
哪里？我们曾经睡在其中的第十八层楼
我甚至梦见我们在那里做爱
然后在一次次鸟瞰里下坠，下坠
直到瞳孔里一只鸟的全景消失
直到黑暗忽然抓住了我们
造成某种晕眩的重量
而海在摇晃——我想
那时我多么想告诉你
当我震惊于你的孤独
远处海上，一道光线摇曳
摇曳直到海底

种种邀请
——献给罗伯特·弗洛斯特

要不托人告诉你
要不写信

或用一次闪光
或留下一顶帽子

弗洛斯特
这只是暂时分别
迟早我还会回来
踩响你的树枝

鹦鹉轶事

我知道鹦鹉听到了什么
和她印象里什么样的杯子碎了
我知道那四溅的美酒泡沫
多么酷似她浑身激动的羽毛

当鹦鹉开口说话，我知道
房间里会有一阵阵狂笑
而她疯狂地摇晃，摇晃
伸出的舌头麻木又荒凉

什么样的一道日常风景
竟透着这般茫然；当鹦鹉东张西望
我知道太阳已落幕，太阳
正慢慢地制伏鹦鹉的情绪

两种生活

我们的屋顶堆满落叶
都让一阵霜叫它们留下
留下就是停止飘落
等待腐烂；去年冬天

我去过一个池塘，冰层下
透出了同样的落叶——
来时还是一个劲地飘啊飘啊
回头已是死寂一片

都叫霜冻住了：一个在屋顶上
一个在水底下，而我回家读书
听见书架瑟瑟响，想必是
一个天使正踩在我的屋顶上

夜雨

黑暗没有缺口——要是有
那也是我的房子在雨中要求完美
那也是我在房间里关上门
另一扇却始终忘了关上

一月

从低沉的天空偶尔可以看见
鸟儿在努力飞高，双翅愈变愈小
但分辨得出，那是它在那里
一上一下地拍打，它在那里
游向更高处，它在那里飞过
并证实了你以为是云的，并不是云
而是一块光的田畴；天有多高
没有意义——这个——它不会
与你一样尽量去弄明白，但是倘若
那悠闲的姿态一下子变得严峻而冷静
那黑色的一点，会让你在窗前预感到什么
你的心也会因此留下一个印象：
　"鸟儿已飞过天空，我迟早

也得从这里离开。"

泥瓦匠印象

但是他们全是本地人
是泥瓦匠中的那种泥瓦匠
同样的动作，同样的谨慎
当他们踩过屋顶，瓦片
发出了同样的碎裂声
再小心也会让人听见
而等他们终于翻开屋顶
尘埃中仿佛已升到天上
啊！都有着同一副面孔
都在太阳落山时消失
都为同一件事：翻身一遍
但这次却更像是我们的原形
一个个笨拙地爬过屋顶
但无论从时间还是从动作
又好似仍停留在那里
已经整整一个时代

门

隔壁那扇艰涩暗然的门重重关上
它砰的一声却把我的门给震开
因为在家时我的门总是虚掩着
所以隔壁的门只要关上一次
总会通过我们之间那堵薄似月光的墙
一下子震开我的。记得头一次
我当真吓呆了，还多次本能地回首张望
后来到底还是习惯了
也不去抱怨这倒霉的时光

说真的，自从觉得这不是故意的侵扰
我就一直克制住自己被动的情绪
任凭门优美而驯服地靠向一旁

（选自吕德安诗集《两块颜色相近的泥土》，长江文艺出版社 2017 年 11 月版。）

赵野诗选

/ 赵野

我们总是走向同一地方

我们总是走向同一地方
辨认同样的风景
好朋友，我懂得你的叹息
你也知道我的姓名

同样的金殿，同样的辞藻
装饰着同样的一生
当她远去，同样的泪水汹涌
向我们展示命运

同样的历史让我们阅读
同样的天空被我们倾听
同样的受难、恶心，甚至
微微弯曲的恨的姿势

呵，鸟群，呵，水流
同样远离故乡

极端的火焰夜复一夜
平凡的死亡遍布山冈

1987

卡斯蒂利亚的河流

在我的手掌里缓缓流过的河流
欣慰的，歌声如泣的河流

桉树、橄榄树和石头的河流
沿途催生爱情的河流

掠过长空的鹰隼的河流
燃烧的，骑手冲上山顶的河流

把梦想带到天边的河流
唤醒长眠的母亲的河流

握住我的手，与我促膝交谈的河流
让我守住灵魂的河流

1987

汉语

一
在这些矜持而没有重量的符号里
我发现了自己的来历
在这些秩序而威严的方块中
我看到了汉族的命运
节制、彬彬有礼，仿佛

217 •

雾中的楼台，霜上的人迹
使我们不致远行千里
或者死于异地的疾病

二
祖先的语言，载着一代代歌舞华筵
值得我们青丝白发
每个词都被锤炼千年，犹如
每片树叶每天改变质地
它们在笔下，在火焰和纸上
仿佛刀锋在孩子的手中
鱼倒挂树梢，鸟儿坠入枯井
人头雨季落地，悄无声息

1990

无题

树木落尽了叶子，仍在
空旷的大地上发狂
铁骑越过黄河，颓败
蔓延到整个南方
我看见一种约定，像一次
必然到来的疾病
你的菊花前院枯萎
我的祖国痛哭诗章

1990

下雪的早晨

我不知道，还有什么事物

没有被人说过

我不知道，还有什么感觉

需要我来说出

下雪的早晨，我会感到惶恐

我仍然没有理由说些什么

在秦朝或汉朝的庭院里，下雪

就使文章更加优雅

我看到的世界纷乱、宽广，如同回忆

我的内心悲苦，徒劳搜寻着坚固的东西

我也想过，一次下雪或许就能改变我

但我宁愿保持沉默

我甚至不会询问我是谁

当雪花漫天飞舞，将我淹没

1990

夜晚在阳台上，看肿瘤医院

面对着远处闪烁的窗口

和我之间的一段距离

我感到茫然，不知所措

像一只飞不过冬天的鸟或者丛林里

的一名雇佣军，我不知道

我每天都在穿越的这片黑暗

是多么宽广深邃，我努力

计算它的长度，如星相家

并非充满悲伤，只是希望确信

那些命定的时辰。因为我们

遍体都是死亡，在眼前吹过的风中

我又听到这古老的咒语

我只是希望战胜偶然和紊乱

像一本好书，风格清晰坚定

1990

写作

衰颓的长安的夜晚
和曲阜的黎明
以及安阳的黄昏
全注入同一条河流

这就是我啜饮的河水
迷恋的轻舟
在无数铁甲的深渊里
坚持或漂浮

我思念着利刃和风暴
追随声音写作
并执意弄清它们的
形状、色彩甚至速度

直到语言缓缓流动
像亘古的河水
涌起沉船、马匹
以及君王和他们的数学

1991

自我慰藉之诗

我不是一个可以把语言
当成空气和食粮的人

我也不会翻云弄雨，让天空
充满雷电的气息
二十个世纪，很多事发生了
更多的已被忘记
因此，我学会了用沉默
来证明自己的狂野
像那些先辈，每个雨季
都倚窗写下一些诗句
不是为了被记忆，而仅仅
因为雨水使他们感动
这雨水也使我感动，此刻
河流流淌，光明停在山顶

1992

中年写作

一
是不是阳光下的一切
已经被人说尽
但岁月仍在继续
总有独特的感动
仿佛客观的血液里
秋刀鱼咸咸的烙印
沉默和表达之间
谁更深入、执着

二
中年写作，被要求
一些坚实的理由
不然激情的雇佣兵
会使语言蒙羞

至少得知晓时节
也要懂得物候
像河流放弃隐喻
开始纯粹的叙述

三
拒绝时代的胁迫
和那些虚妄的可能性
将纯洁词语的战争
进行到骨头深处
当风中听到神灵
云上种植树木
汉语之美，捍卫着
帝国最后的疆土

四
灿烂的诗歌承负了
多少伤痛和悲情
不论黎明的卧轨
还是黄昏的屠戮
而傲慢的时间终会
把一切变成往事
当时明月朗朗
照彻天下城楼

2002

诗人之死

一
多好听的声音，终究
被敌意和喧嚣湮埋

你的死终结了一个
深情优雅的年代
从南方到北方，都找不出
你的刀剑和碑铭
惟有汉语悄然地
证明你的存在

二
诗人其实也能
得到生活的垂青
如果诗句变谶言
词语突破宿命
世界美如斯，历史
只是一种幻觉
青草年年绿，有人
驻足，有人出门远行

223·

2005

信赖祖先的思想和语言

季节变换，五谷生长
人事一茬茬代谢
我熟悉的世界仍在继续
不理解的也越来越多
我只是一个肉身，万物中的一种
如此信赖祖先的思想和语言
依于仁，游于艺
走在同类的坦途上

2012

一日，或永恒

我见不到灿烂的晨曦
见不到雾在庭院里慢慢散去
我醒来时已是正午
时间毫不理会我的傲慢
很多时候，我会在下午发呆
或者做一些白日梦
虽然生活没有希望的那样好过
也未曾像想象的那样决绝
黄昏总让我恍惚，让我怀疑
眼前的一切是否真实
如果欲望和死亡都不可战胜
那些琐屑的欢乐有何意义
深夜我进入了另一种宁静
与亡灵交谈，品尝人类所有的痛苦
生命就这样流逝，我却无从知道
我获得的比你们更少抑或更多

2006

天命之诗

春天，忽然想写一首诗
就像池塘生青草
杨树和柳树的飞絮
打开没有选择的记忆

鱼搅动池水，鸟搅动风
蜜蜂固执盘旋眼前
一生辜负的人与事
我必须说出我的亏欠

然则秦朝的一片月光
或宋朝的一个亡灵
也许在今天不期而来
它们都有我的地址

它们让我觉得这个世界
还值得信赖，此刻
阳光抵过万卷书
往昔已去，来日风生水起

2014

在大理

放眼望去几道山林
树木葱郁，有古老的善意
云在山腰飘过
一只鸟逐云而去
我的目光随鸟飞走
万物皆知我的心思
天空清澈如先秦诸子
流淌出词语，一派光明

2014

（选自赵野诗集《信赖祖先的思想和语言》，长江文艺出版社 2017 年 11 月版。）

泉子诗选

/ 泉子

一首诗的完成

一首诗的完成是一个诗人不断地克服来自语言，
来自"色、声、香、味、触、法"的诱惑，
而终于成为他自己时的喜悦与艰难。

诗人的心

一片树叶落下来，大地以微微的震动作为回应。
是又一片，是又一片片的树叶，
落下来，
落下来——
直到大地获得一颗诗人的心。

声音的箭矢

每次听维吾尔族民间艺人的吟唱都会落泪，
在白杨树下，在篝火旁，在餐桌边，
一种即兴的吟唱，一种无意于修辞的表达，

一种不为你所知的声音的箭矢，
一种深入骨髓的忧郁与悲伤。

厌恶

有时，我会深深地厌恶自己，
厌恶自己的智慧胜过激情，
厌恶自己的智慧依然不能与激情相匹配！
（哦，这耶和华般，可以毁灭整个世界的雷霆！）

立春日

立春日，也是江南最萧瑟之时。
光秃的枝丫上，雀鸟正啼唤出
这季节的第一抹新绿。
将彼此镌刻于青山的渴慕

性事是此刻的欢愉吗？
还是一种向更遥远处的发明？
或者说，性不仅仅是游戏，
还是因爱所激发出的，
将彼此镌刻于青山的渴慕。

无词

是茨维塔耶娃母亲临死前，从担架上挣扎起来，
并毅然决然地走向的那架钢琴吗？
是多年之后的另一个薄暮，或晌午时分，
你从一个必然之处挣扎起来，
并毅然决然地走向的一个词——
一个无词，
一个蜂飞蝶涌的时辰，

一片浪花之白道尽的万籁俱寂。

青山的徒劳

诗是那个矫捷而轻盈的江洋大盗，在雪夜的大地上留下的痕迹；
诗是那些从来不曾存在的瞬间，因一只知了在盛夏或初秋的啼鸣，
因一群蚂蚁终日的奔波得以显现的悲伤与欢愉；
诗是一个人的徒劳，一条河流的徒劳，
一列青山的徒劳，一粒微尘与头顶星空的徒劳；
诗是一个人、一条河流、一列青山、一粒微尘以及他们头顶的星空
为孤独，为寂寞，为绝望，为这伟大的尘世赋形。

逝者如斯

我曾以为我已失却了力量，就像
万物皆有其限！
而当它再一次充盈于我体内，
最先醒来的是我的心，
它欢喜着奔向眼眶，
奔向脸庞之悬崖。
哦，我爱着这欢喜的瀑布。
虽然——
逝者终如斯，如流水，
如群山在暮色中的奔腾。

泉子

我不是楚国的屈原，不是曾领魏晋风流的嵇康与阮籍，
我不是谢灵运，不是陶渊明，
我不是标识出盛唐，
甚至是整个古汉语之高标的李白与杜甫，
我不是千年之后都罕有匹者的东坡居士，

我是汉语的，一口新的泉子。

诗人的孤独

山之上是树冠，树冠之上是被弥漫的水汽与云雾所遮蔽的天空，
天空之上是什么？星辰们的俯视之上是什么？
在星辰与星辰之间，那么辽阔的幽暗是什么？
宇宙的旷远是什么？
那悠悠的天地之间，一个诗人的悲伤与孤独是什么？

鸽子的心

你要有蛇的智慧，
你要有老虎的勇毅，
你要有狮子的孤绝，
你要有鹰隼的坚定，
你要有乌龟的忍耐，
你还要有一颗鸽子的心。

229 •

你在骨子里是一个徽人

你在骨子里是一个徽人。
在你血脉深处，有着这片山水世世代代的倒影。
而直到不惑之后，
你才渐渐理解你为何一直引朱熹、黄宾虹为楷模与知己，
并把诗作为一种修行，作为一个不断完善的生命在语言中留下的痕迹。
你同样理解"存天理，灭人欲"这伟大徒劳中的艰难。
而你知道，你知道，
你此刻心中依然无法涤荡尽净的，那些不洁的想法，
也曾为朱子与黄公捎去这人世的，如此浓郁的悲与喜。

喧嚣中的孤独

对有的执着，对实相，对可见之物的执着
构筑出我们这个时代一种最显赫而壮丽的景观。
我们不愿意相信不可见之物的存在，
我们把所有不为我们所辨认的归为虚幻，
直到我们成了这虚幻，最坚固的一部分，
直到我们终于因这傲慢而成为笑柄，
成为一个时代羞耻的见证。
我们把空当成空洞，把无理解为虚无，
而不知道空无是宇宙与万物得以发生的缘起，
我们不知道，一个瞬间中的永恒，
而只有那不存在的圆心，才能真正盛放下宇宙的无尽与无穷。
我们只有此时此地，
我们没有过去与未来，我们没有远方，
更遑论无穷处的佛陀、耶稣与穆罕默德，
我们只有此刻喧嚣中的孤独，
我们只有此刻纵情中的悲伤，
我们只有此刻狂欢中的绝望，
我们终于用无数的此刻，堆砌出了
这尘世盛大的海市蜃楼。

时间

将我们与古人隔绝开来的并非是阴阳。
或许，那将我们与古人隔绝开来，
又不断将我们化为古人的是线性时间。
但时间真的是线性的吗？
就像古人与今人曾经理解的那样
就像西人用一种理性在千万年中获得的经验，
而这样的一种经验正因理性的最新进展，
因黑洞射线的发现，而获得颠覆性变革的契机，

并作为对一种古老的东方智慧的一次延滞了太久

但又终究不算迟到的回应，

这是一条终于属于时间的优美的弧线，

这是一个虚无而绝望的尘世，终于得以在每一个瞬间中迎来的

一个又一个盛大节日。

诗

诗是电闪雷鸣的一瞬，

也是清凉的微风轻拂过你赤裸的身体上的毛发时，

这整个人世的美好与寂静。

寒冷而彻骨的光芒

当我告诉他，一个我们共同的朋友得绝症的消息时，

他黯淡的声调中徒增了几分亮色，

仿佛一件期待已久的事终于到来，

仿佛一个尘封已久的谜底终于揭开时，

伴随着些许兴奋的释然。

一点都不意外的，他说。

你看他的习惯有多差：

每天五包哈德门；

（一种两块钱一包的劣质香烟）

喝茶梗齐杯沿的浓茶；

晨昏颠倒，通宵玩游戏。

或许，他之前一直没得病

倒是多少让人意外的。

我惊讶于理性的强大，

惊讶于坚硬的逻辑之墙上

冰凌从钢铁与砖石的缝隙中为我捎来的

一个时代的隆冬：那些寒冷而彻骨的光芒。

本来

一只在水泥地面上剧烈扭动着的蚯蚓，
在奋力抗拒与躲避雀鸟的尖喙。
而一声声欢快的啼鸣止息于
我突然在小径上的出现，
它快速地飞上了道路对面的树枝，
然后看着我，
看着我捡拾起那依然在惊慌中剧烈扭动着身子的蚯蚓，
并把它抛入了蔓草的深处。
我并非一个救世主，
我未曾为这世界增添一丝的善，
或许，我也未曾止息过哪怕一种最微小的恶。
而小径已然在我的前行中，
获得了本来的弧度与弯曲。

（选自泉子诗集《空无的蜜》，长江文艺出版社 2017 年 11 月版。）

张翔武诗选

/ 张翔武

疯孩子

天色阴沉。一个孩子游荡
在一个村子附近，
他身穿黑棉袄黑长裤，满脸污垢，
头发像一丛被风吹乱的茅草，
两颗失去光泽的眼珠藏在后面。
我吃完晚饭，他还在外面游荡，
邻居郭伯叫他不应，索性一把拉他进屋，
给他擦脸，给他洗手，
盛一碗饭菜，塞到他手里——
他刚扒几口，哇的一声
满口米饭喷洒出来，又猛然冲出门外。
一阵雷，一阵雨
像大块大块的钢铁在天上相互撞击。
疯孩子自顾自飞跑，郭伯的喊声
随着雨水流走。在轮廓模糊的公路上
逐渐看不到他的背影，

他一路干嚎像背中利箭的狼，
又像一只浑身磷火的水猴子蹿出墓地，
跳进河里，没有声响，也没有水花。
疯孩子，疯孩子，消失在半里外的桥头，
今夜没有星星没有月亮，
他的周围没有生人的颜色。

翻地

扛上锄头，我去翻地，
那块不大的荒地土壤板结，
一锄一锄下挖，锄头
切进泥土，泥土又咬住锄头，
翻开的泥土因为潮湿而显深褐色，
散发一股泥腥味，像一块整齐的豆腐。
锄头切进泥土，声音干脆柔和
（一袋谷倒进粮仓的声音），
拔掉杂草：

马齿苋、车前草、奶浆草和鸭脚板，
有时需要弯腰捡起几块断砖、鹅卵石
扔到地头，
一只蚰蜒，一只青蛙或者一只蝼蛄
在金属的寒气逼近中逃往别处，
一条口器鹅黄的土蚕蜷起乳白的身体。
干枯的草梗和土块硌得脚底发痒，
挖完最后一锄，
我走向地头的热水瓶，
那些刚刚翻完的几垄地
在阳光下渐渐失去水分，
那种深褐色变得有些灰白。

对你的回忆像一碗甜酒

院子里桂花香悄悄流窜，
还有几朵月季渗透了殷红，
我迷恋这些气味和颜色，
就像贪看你在那边皱起眉头。

在你之后，我又认识不少女子，
但很快就厌倦这种无望的游戏
（或许她们早就心生腻烦），
直到如今，我仍旧孤身漫步长街。

有时候，我暗暗怀疑自己
是否还有一点点对异性的幻想，
甚至连感情都没了，像废弃的工厂，
除了机器锈蚀，便是野草密集。

时至深秋，我在温泉沸腾中睁开双眼，
你披着一头湿漉漉的长发，
身穿那件月白色的羽绒服，
从横亘的迷雾里缓缓走来。

你带着眼睑上的黑痣，
你的吉他，你的水杯，
你的小灵通，你的铅笔刀……
所有回忆熬成了一碗甜酒，又冷又甜。

鸟叫

那么多年过去，
我仍然记得
我第一个赶到学校。

东方的鱼肚白逐渐冲淡
天空的黑蓝，
田间小路还没有其他行人。
在多次拍击下，
铁门嗡嗡直响，
守门人从来没有及时醒来。
我只好向南走，再右拐，
沿着围墙顺坡而下，
左边一片秋天的棉花地。
几分钟后，便到围墙尽头。
我爬上一棵树，然后跳进去，
穿过种满辣椒胡萝卜的菜园。
突然，河对岸传来一声鸟叫：
婉转而低沉，
嗓音浸透冷清的晨雾。
它在林子里某棵高大的树上，
或许它能看见我，
我不知道它在哪里。
我走进教室，坐下来，点燃蜡烛，
几滴蜡油淌了下来，
还想着那只诡秘的鸟。
我似乎看着蜡烛烧了一夜，
像一位守门人不知疲倦。

紫蝴蝶
——记 2007 年在昆明某殡仪馆送别余地

你终于沉默下来，似乎已经厌倦，
脖子上的紫色伤口，仿佛栖落一只蝴蝶。
你躺在那里，闭上嘴巴和眼睛，浑身赤裸
像条鲤鱼横放于香烟缭绕的供案。
两个工人抓起水管冲洗你的身体，

再翻个身，继续把水管对准

你的胸膛、双腿、双手、脊背……

水从铁皮桌上哗哗淌下来，

溅在地板上，滴滴答答，然后汇成一片。

他们给你套了多少衣服？

九件，还是十三件？我都忘了，

只有一件衬衫刚从商店买来，

其他，都是你生前经常穿的那几件。

你曾说：我俩穿衣服都他妈的一点品位也没有。

是的，穷人有衣可穿就已不错，

品位是富人烧钱的活计。

我们谁也没有亲自给你穿上寿衣，

你父亲瘫坐门外台阶上，

颓丧如挂满雨水的空坛子；

你老婆又一次扑在你胸前，

抓住你的手，狠狠贴住自己的脸，

但整个身子渐渐下滑，

我抢步上前，抬起她的两条胳膊。

焚化炉的铁门砰的一声，紧紧关闭，

你就此与这世界再无纠葛，伤害你或被你伤害的人、

从地摊上淘得的旧书杂志、报刊上发表的诗文小说、

你酒后的激昂、狂怒和谩骂，都被你一刀两断。

走了，你现在是一道青烟，晃荡于山林之间，

留下一堆白里发黄的骨头，尚有余温点点。

谁曾触摸死亡带给躯体的寒冷？

谁曾听到一位老人丧子的哭声？

谁曾独坐秋风仰望流星的划痕？

你的胳膊像春天的树枝

那么多夜晚，

我骑车穿过梧桐笼盖的街道，

听你说话，也听到风
和树叶落地的声音。
你搂住我的腰，这双胳膊
像春天的树枝，潮湿，柔软，
透出坚韧的生长力。
你的脸贴住我的后背，
轻声说出没有答案的问题。
我盯着前灯照亮的路面，
到处是蓝色挡板围住的工地，
塔吊的铁臂不断高高扬起，
从地底发出的震颤和轰响
紧紧缠绕，一起滚动。
很多人会与其他人同时爱上一个人，
我不愿你因此纠结。
哪怕过去五十年，
我们最好还能跟现在一样说话。
哪怕以后，没有电话，也没短信，
即便独自走着夜路，我也不会沮丧。
如果我看见世界越发疯狂而无动于衷，
那么我也是这疯狂的某个部分。

和爸爸晚上去抓青蛙

我跟在后面，手提蛇皮袋，
电筒在他手里，一只光的罩子
忽近忽远，扫射周围的所有旮旯。
青蛙早就躲进棉花地里去了——
这些田地似乎永远没有尽头——
我们钻到橘园里、李子林，下到河坡、池塘边，
穿过很多坟山——那里人们睡了，
和落叶一起卷入物质的轮回。
灌木和杂草接满露水，

早就等着打湿我们的裤管和衣袖。
一只麻灰色兔子蹲在树下，
我们的灯光将它罩住，
它的眼睛反射两点红光，晶莹的红，
它起身转头，肚子贴地，慢慢跑开，
他说：这只兔儿怀孕了。
多年来时常捕杀野物的人，
这次居然没有出手。
又一次，离我们屋不远，
旷野里突然闪亮，房屋、树木、云朵，
甚至眼前稗子的叶片都清晰可数，
半空中一团白光急剧燃烧，
紧接着第二个、第三个，
从上到下连成串，依次变小，一两秒后消失，
接着是雷声，像有人抡起木锤砸响地面，
那声音持续滚进耳朵。
草木万物都具体而能触摸，
闪电任意抵达肉眼没法看到的地方，
要是没有光，
人与旷野都隐没于幽暗。

酒醒后打开一本小说集

凌晨四点多，我看一本翻译小说，
作者只写了十年，得病死掉，
在中国人眼里，他才到知命之年。
我和他一样好酒，但不如命，
酒精昨晚开始埋伏体内，
现在猛然撤退，
顺手牵走让我睡眠的羊群，
留下冰凉的书和冰凉的神智。
摁开了灯，房里通透白亮，

一朵朵黑色火焰在书里跳蹿。
窗外时时有车疾驰而过，
真叫人心安，至少这时候
这世上并非我一人没法睡觉。
她曾对我说：如果半夜醒来，
那就打电话给我。
我很少这样，偶尔一两次
更像表示没有辜负她的体贴。
一个人的寂静，我沉迷其中，
像个小贩忘掉世界抹点口水反复数钱。
十五六岁离家在外，从来以为
一个人必须孤身应对许多事情，
直到坦然登上没有返程的轮船。
我瞧见一些声音升腾空中，
几根头发夜里趁机摇身变色。
在东经 102 度至 104 度，
太阳出现的时候，
一把金色扫帚挥舞在天上，
咆哮起来试图将所有人赶出屋门。
每个夜晚，对我来说
都是最后的夜晚，
随同失眠在黎明消失。

乌鱼最易上钩的季节

钓乌鱼呢，其实非常简单，
一根竹竿，两三米长的渔线，
找来伞骨，磨尖一头，扭成铁钩，
用鱼线系牢，抓只小蛤蟆，
钩尖从它屁眼穿到嘴上。

说起来，钓乌鱼确实简单，

不过，也要点儿运气。
五六月份，天气最热，
时常去河边逛逛，
靠岸的水面上，很容易发现
一群鱼苗密密麻麻，
一会儿东，一会儿西，
才看到它们钻进水草，
它们又浮出菱角蔓儿旁。

当然，看也白看，
好歹你还要认得它们。
不能咋咋呼呼发出声响，
免得惊动它们，接下来
你该知道自己要干什么。

在这群鱼苗附近，肯定
有一对成年乌鱼随群保护，
即使偶尔现身，也是无声无息。
除开夏季，它们避开光亮，
喜好清静，习惯于潜伏水底。
午后或傍晚，才做父母的乌鱼
带领一群鱼苗出来透透气，乘乘凉。

如果眼睛够尖，你能看到
一段又圆又粗、黑白相间的花纹
在半明半暗的水里
缓慢移动，正像电影里的潜艇。

那只蛤蟆低悬水面，晃来晃去，
乌鱼以为美味送上门来
或者某种威胁靠近鱼苗，
它张嘴露出满口细密短小的牙齿

连扑带撞直冲过来。

上钩的乌鱼翻起水花的时候，
像一滴水掉进油锅，鱼窝子当即炸群。
这会是鱼苗们最后一次露出水面，
过些日子，它们个头长大，
追随父辈的生活习性深入河底，
开始迷恋周围的淤泥和黑暗。

够简单了吧？你要抓住
乌鱼带着鱼苗出来浮头的时候，
这是钓到它们最好的机会。

（选自张翔武诗集《乌鱼最易上钩的季节：2001—2013 诗选》，云南美术出版社 2017
年 10 月版。）

斯特内斯库诗选

／〔罗马尼亚〕尼基塔·斯特内斯库 著　高兴 译

尼基塔·斯特内斯库，罗马尼亚当代现代派诗歌的代表人，罗马尼亚诗歌革新运动的主将。他出生于罗马尼亚石油名城普洛耶什蒂，1952 年考入布加勒斯特大学语言文学系。毕业后，曾担任《文学报》诗歌编辑，结识了一批富有创新精神的年轻诗人，形成了一个具有先锋派色彩的文学群体。他们主张继承二战前罗马尼亚抒情诗的优秀传统，让罗马尼亚诗歌与世界诗歌同步发展，并以此推动罗马尼亚诗歌突破教条主义的束缚，进入了"抒情诗爆炸"的发展阶段。斯特内斯库 1960 年发表了第一本诗集《爱的意义》，之后又先后出版了《情感的幻象》《时间的权力》《绳结与符号》等诗集和散文集。

在石头平原

在冰冻的平原，马儿死去，一匹又一匹，
它们站立着，睁开石眼，
风将它们推倒，一匹又一匹，
它们轰然作响，一匹又一匹，
仿佛倒在一面无尽的石鼓上。

那时，我还是孩童，心生恐惧，牙齿
冻得直打战，望着它们平行的腿，
马蹄铁伸在空中，冷得直冒寒气……
一，二，三，四，我点数着
它们平行的腿，牙齿冻得直打战。

我什么也不再想。
妈妈去了城里，将会带回面包。
遍地都是雪……马儿……别无其他
……四，五，六，七，别无其他。
妈妈要是能带回面包，那该多好！

诗篇

告诉我，如果有一天我抓住你
并亲吻你的脚跟，
从此之后，你走路会稍稍跛脚，
生怕碾碎我的吻吗？……

秋天的激动

秋天来了，用什么遮住我的心，
用树的影子，或者最好用你的影子。

我害怕有时会见不到你，
害怕尖利的翅膀会长到云端，
害怕你会藏进一只陌生的眼睛，
而它将用一片艾叶自我关闭。

于是，我走近石头，一声不语，
抓起词语，将它们淹没在海里。
我朝月亮吹起口哨，叫它升起，让它
变成一场伟大的爱情。

诗艺

我教词语如何去爱，

将心脏捧给它们看，
锲而不舍，直到它们的音节
开始跳动。

我将树林指给它们看，
而那些不愿沙沙作响的树木，
我就用枝丛将它们吊死，毫不留情。

最终，词语
必须同我相似，
同世界相似。

随后
我以我自己为例，
我撑在河流的
两岸，
让它们看看一座桥，
公牛犄角和草地间的一座桥，
光明黑色的星辰和大地间的一座桥，
女人鬓角和男人鬓角间的一座桥，
任由词语踏着我的身躯行走，
就像几辆赛车，就像几列电气火车，
只是为了更快抵达目的地，
只是为了教会它们世界本身
是如何运载自己的。

萨沃纳罗拉①

萨沃纳罗拉在我面前显现，对我说：
让我们依照虚荣火刑烧死树，
让我们烧死草、麦子、玉米，
以便简化一切！

让我们粉碎石头，让我们从河床中
抽干河流，以便简化
一切，大大简化一切！
让我们丢弃腿脚，
因为行走是一种虚荣。
让我们丢弃目光，
因为眼睛是一种虚荣。
让我们丢弃听力，因为耳朵
是一种虚荣。
让我们丢弃手，
以便简化一切，大大
简化一切！
萨沃纳罗拉在我梦中显现，
犹如世界大脑的一个旧伤。
他在我梦中显现，
吓得我大声尖叫着醒来。

247 ·

① 萨沃纳罗拉（1452—1498），意大利宗教改革者。

歌

记忆仅仅拥有此时此刻。
曾经真的一切不再知晓。
死者间总是在变换
名字，数字，一，二，三……
仅仅存在未来的一切，
仅仅尚未发生的事件
悬挂在一棵尚未出生的
树枝上，一半是幽灵……
仅仅存在我那惊呆的肉身，
最后的，苍老的，石头的肉身。
我的忧伤听到尚未出生的犬

对着尚未出生的人在叫。
哦，仅仅它们将是真的！
我们，瞬间的居民
只是一个夜梦，纤细，
长着一千条腿，在四处奔走。

第六首哀歌
失语症

我站在两个偶像之间，不知
选择哪一个好，我站在
两个偶像之间，天正下着蒙蒙细雨，
而我不知选择哪一个好，
等待中，两个偶像
呆立在蒙蒙细雨中。我站在两块
木头之间，无从选择，
天正下着蒙蒙细雨，在腐朽的
雨中我无从选择。我站在那里，
那两块木头，露出
被蒙蒙细雨漂白的肋骨。
我站在两具马骨骼之间，
不知选择哪一个好，我站在那里，
天正下着蒙蒙细雨，融化了
白骨下的泥土，而我不知选择哪一个好。
我站在两个洞穴之间，天正下着蒙蒙细雨，
雨水用饥饿的硕鼠的牙齿
啃噬着土地。
我手持铁锹，站在两个洞穴之间，
无从选择，在蒙蒙细雨中，
就让我选择第一个吧，我将用被蒙蒙细雨
啃噬的泥土堵住它。

心

一切在均衡地缩小，以思想的速度，
与此同时，山峦，海洋，人群
一切统统塌陷于自我，以均衡的速度，
而与此同时，没有任何人
注意到这一点。

唯有光，固执的、坚定的
光的在场，
唯有血，万物失去的
血
才会激起一丝的怀疑。

但是
应该有人待在外面的，
可谁也没有，
绝对谁也没有。

一切都在均衡地扩大，以思想的速度，
与此同时，云朵，原野，人群
一切自自身爆发，以均衡的速度，
而与此同时，没有任何人
注意到这一点。

唯有夜，固执的、坚定的
夜的在场，
唯有黑暗的球体，
以星座为边际，
才会激起一丝的怀疑。

但是

应该有人待在里面的，
可谁也没有，
绝对谁也没有。

蒂米什瓦拉

我的心下过雪，
在这座城市。
红色的雪片，朋友们，
落在大教堂和剧院上。

蒂米什瓦拉，一座
比我的身体大
但比我的记忆小的城市。

为了记住你，
你变得更小，
为了忘记你，
你变得更大。

绳结（之十三）

我永远都不会知道
自己何时活过，
我将会忘记自己为何活过，
就像光，忘记破碎的眼。
我还握着尖底瓮的残片，
它盛过的红酒我曾畅饮，
它的陶土恰恰是我的手。
我看见一只海鹰，
但兴许
我只是被它看见——

兴许是它看见一只海鹰。

欧律狄斯①

空气依然在你周围
激动不已，
扰乱这些钟点的视线，
当夜晚在我心轮上
滑行着来临的时刻。

没有开始的开始给你一吻，
你的声音从此断裂。
火炬和火把，火焰和火光
在你眼里点燃，请求我脸上
那灰色、沉重的乌云飘到
你脸上，像在雪峰，将它们熄灭。

我依然怀抱着
你那紧贴着我的生命的生命，
没有挥霍的爱情的挥霍。
联结着瞬间的瞬间。

脚步，笑声，音节故事，历史，
表白，希望——你们
在那两位冬天来客的
周围，真的那么真实，
当燃烧的天空，在你身边
即将消逝的时候。即将消逝……

① 希腊神话中俄耳甫斯之妻。

（选自《花城》2017 年第 6 期，责任编辑：李倩倩。）

《镜与境》
谭毅
60cm × 80cm
布面油画
2013 年

如今

缎轻轻

从一个燃烧的清晨，燃烧的床
我拾他的灰烬
将猫和狗安顿在窝
安然走下楼梯

围绕街道我和他的残骸开始慢跑
讨论工作和未定的婚事
到了中午
失去面目的人们加入了我们
喘着气，加快速度

橘黄色的大钟在头顶敲响
我停下来
他更消减了些
（此时灰烬像雾一样升腾而起）
人们的膝盖正弯曲着

我知道他的瘦是因为没有给我更多的蔷薇
如今，黄昏的光束洒落头顶

（选自 2017 年 12 月 31 日中国诗歌网"每日好诗"栏目）

另一条河流

李满强

寒衣节那天，在场院的十字路口
母亲煞有其事地，用竹棍画了一个很大的圈
"这样，送给你外公外婆的寒衣
就不会被你们李家的先人抢去……"

我远远地跪着。看母亲焚香，点火
那些纸做的衣服，她亲手印制的纸钱
在忽然惊醒的火焰中
刹那间有了温暖的气息

母亲今年已经七十二岁了
她在我们老李家，已经生活了五十多年
也活过了外公外婆的年纪。但每年的这一天
她都要亲自给逝去的父母送寒衣

磕完头，我们起身的时候
母亲微笑着。那些带有余温的灰烬
仿佛某种古老的安慰。而母亲花白的头发
更像是寒风里一条涌动的河流

（选自 2017 年 12 月 27 日中国诗歌网"每日好诗"栏目）

失眠帖
孙启放

一头犟驴
蒙眼在石磨道上无止境走
我是不断向磨眼添加谷粒的人
看谷粒反方向旋转
一圈又一圈的纷乱
听身边鼾声谷粉般均匀撒下
有点羡慕但没有发展到恨
只想宰掉那头固执的驴
可驴不存在啊
开始嫉妒一切有开关的事物
真想长出另一只手

多么好的手啊，神明之手
"啪"的一声关掉不存在的电门
睡眠黑暗般罩下来
如同关掉
现实磨坊中的那盏灯

（选自 2017 年 12 月 19 日中国诗歌网"每日好诗"栏目）

长江在泸州
安琪

瘦，而静
而灰而暗

长江流经泸州的时候还没有经验
她蹑手蹑脚，动作不敢太大，叫声不敢
太响，面容不敢太过妖艳。她流经泸州
的时候正是刚入婆家的小媳妇
屏声息气
未谙姑食性，先遣小姑尝

我来到泸州的时候
已到了当婆婆的年龄
我喝了一口长江端上来的泸州老窖
便足足醉到京城。

（选自 2017 年 12 月 18 日中国诗歌网"每日好诗"栏目）

巴丹吉林小镇

古马

——赠黄明祥、梁积林、王国伟

这些成排成排蹲在电线上的麻雀
落日在它们的眼里
会是一粒炒米会是一颗红玛瑙
会是幼子守灶的灶膛里的火种吗

打造一口红漆描金的箱子
画上喜鹊登枝扔掉黄铜钥匙
哑木匠，他低头拉锯举目认亲

认你是他的前世认我是他的来生
今夜，愿我们都有一个海子般纯净的好妹妹
愿我们一醉方休，马头琴让散落在镇子外面的骆驼一起掉头

那些在大漠戈壁的骆驼
它们驮着沙丘走过很远很远的路程
它们慢慢反刍着夜晚的星斗和盐碱的苦涩
不像这些叽叽喳喳的麻雀
不像这些小诗人风一刮，就一哄而散了

（选自 2017 年 11 月 15 日中国诗歌网"每日好诗"栏目）

霜降

杨东晓

草停止了生长。倔强地迎着风
把体内的绿一点一点掏出来
田野里，几个佝偻着身子的老人在捡花生
像几张弯曲的弓

身上散发着老棉布好闻的气味

他们有说有笑，像没有长大的孩子

抖动起来的土，有的落在他们脚上

有的重新落回地里

却没有落到他们心里

他们说着往日岁月

说着快乐和艰辛

忘了霜已经降下来，树叶都回到地上

忘了死神已悄悄站在他们的身后

准备带走其中的一位

（选自 2017 年 11 月 9 日中国诗歌网"每日好诗"栏目）

树林的隐喻

李克

昨天，经过那片林子，依稀听到鸟鸣

它们被这季节吓坏了，避到了树林的尽头

我犹豫着，像一个初次登门的客人

我们误入歧途固然不好，但发现一条新路

还是有几分欣喜，何况那些好听的鸟叫声

是这个世界最好的音乐，给多少钱也不换

听风也能让人萌生朝圣的心情，你得理解那些树木

它们心中的呐喊，纠缠住了犹疑的夕阳

我承认自己一无所知，对这个冰冷的世界

一只鸟看着我，我说："你的世界我曾经来过。"

时光在偏离，一颗废墟的心适宜做巢

风把树木使劲地摇，我抱紧树干

像抱紧我自己的身体，发出怪鸟一样的嚣声

那些奔跑在林间的孩子多么美妙
他们震落了枝条上的积雪多么美妙
他们晾晒在空气中的姿态多么美妙
他们像是这树林的一个隐喻
夹在自然的册页中

（选自 2017 年 10 月 24 日中国诗歌网"每日好诗"栏目）

这里
杨键

这里是郊外，
这里是破碎山河唯一的完整，
这里只有两件事物：
塔，落日，
我永远在透明中，
没有目标可以抵达，
没有一首歌儿应当唱完。

我几千里的心中，
没有一点波澜，
一点破碎，
几十只鸟振撼的空间啊，我哭了，
我的心里是世界永久的寂静，
透彻，一眼见底，
化为蜿蜒的群山，静水流深的长河。

（选自 2017 年 10 月 23 日中国诗歌网"每日好诗"栏目）

259 ·

《云》
谭毅
35.5cm × 53.5cm
纸面蜡笔
2017 年

夏天的故事

孤山云

本打算和顾丁杨去钓鱼
我们已经准备好了渔具和鱼饵
但沙丽请我们去她家吃她做的沙拉
她说，她刚刚学会
沙丽在厨房忙的时候
我和顾丁杨继续说着钓鱼的事情
那是一个闷热的午后
我和顾丁杨热得冒汗
但谁也没敢把上衣脱掉
沙丽穿着一个吊带裙
看起来很凉快
她征求我俩关于她做的沙拉的意见
顾丁杨一直反对将中国菜西方化
我说很好，但我指的是她的裙子
后来沙丽成为我的妻子
这已经是很久远的事情了
现在我一个人坐在院子里收拾渔具
准备钓那天没钓成的鱼
顾丁杨和沙丽都已经不在这里
沙丽去了沿海的一个城市
那里的水域比这里的要更加宽广
顾丁杨到河里给鱼做了饲料
成为他诗歌中最后一个句子
我承认，他们走了之后
我没有给他们任何一个写过信
现在我身边放着我的午餐
一堆刚刚洗好的生菜、香菜，和黄瓜
我没有将它们做成沙拉
而是把它们包裹起来，蘸黄豆酱

这就是沙丽一直不能理解我的地方

（选自 2017 年 11 月 14 日中国诗歌网"每日好诗"栏目）

昌耀墓前
李不嫁

我已经不年轻了，也就是说
我的膝盖老化严重
这一跪，要费很大的力气
才能从尘埃里站起
而普天下的黄土都是腥的
桃花源里可耕田哪，但我不跪你
我从未屈膝的大半生
不跪天，不跪地，也不跪皇帝
就像你坟山上的草木，被山火烧得乌黑
也还是相互搀扶着
各自开花结果，尤其是桃树
低矮、曲折，替我们吐出，人间的点点血迹

（选自 2017 年 12 月 5 日中国诗歌网"每日好诗"栏目）

布洛涅林中
宋琳

湖水的碎银，在巴黎的左侧
狮子座越过火圈。

松针，你的仪式道具。

风数你变灰的头发，
睫毛，影子凌乱的狂草。

桨，沉默之臂划过蓝天
兜着圈子，干燥像孩童挖掘的沙井
在梦之岸坍塌下来。
呼吸与风交替着
串串水珠的松林夕照
挂上隐居者的阁楼。

巨人头颅，无人授受
磨亮渡口的老钟远在西岱岛，
敲打死囚的回忆。

火鹤，你渴慕的竖琴，
弹拨湖心。
彩虹里盲目的金子挥霍着，
覆盆子的受难日，
林妖现身于马戏团，
爻辞之梅酸涩，
没有归期。

从水圈到水圈，
星的王冠被夜叉击碎。

铁塔下边走来一个亡命者。

（选自中国诗歌网"中国好诗"第 46 期）

苍茫
曾蒙

我学着聆听一朵花的吟唱，
转世的雨水约束了空灵之边界，

谁都不认识。
起码有对月当空的仇怨，
起码有花蕊中心的战栗。
很少的叶片目视了更远的峡谷，
在金沙江边，讲述一段起伏的安静，
更多的雪将山巅封存了起来，
洁白的雪有更大的雄心。
我不断跌倒的人生，
被不断下降的水位分割。
每一次倒灌而入的风，
塞满了门缝里浅浅的河湾。
有人在悲悯，
小酒馆分开了县城里的夜景。
我逐渐加深的印痕，
并没有花朵的非分之想，
净白的芬芳一败涂地，
置苍茫的吼声于不顾。

（选自中国诗歌网"中国好诗"第 46 期）

三分之一的午后
夏超

我们的父亲犯下的错误
会在我们成为父亲之后继续被犯下

我们的母亲流下的眼泪
会在我们成为丈夫之后
从我们妻子的眼中继续流下

吹拂我们祖父种下的柳树的那阵风
会继续吹拂我们的儿孙

像吹动一棵棵
注定被砍伐的柳树

那支我们没有唱完的歌
那首我们没有写完的诗
将继续插在某个人的记忆中
像一柄断掉的剑

生活并非整数，而是循环小数

坐在午后的阳光中
我们很少关心
枝叶的阴影去了哪里
很少关心，枝头的鸟鸣来自何处

（选自中国诗歌网"中国好诗"第 47 期）

雪源
莫卧儿

如果晚上仍然不下，这场雪
就会拖着长长的裙裾与京城擦肩而过
天气预报说

隔天上午，传来西安暴雪的消息
她改道去了千里外另一座古都

"一个身份不明的来客"，有人暗中
念起咒语，窗外打夯机轰然响起
课堂上讲授汉语新诗的声音戛然而止

只有小雪掠过头顶。从细薄白色

掩盖不住的蜂窝中探出头的
是被预言过借尸还魂的陈年杂草

——你渴慕那源头之物，一如
寒夜寂寥，有人递过热腾腾的白开
恰似递过亿万年前群山之巅的彻骨冰雪

（选自中国诗歌网"中国好诗"第 48 期）

献诗
雷武铃

你挺立着，在我的意愿和世上某处。
既无法趋近，也不能驱除。
在肯定和否定之间的混沌里
你啊，是苦恼与闪烁的亲爱。

鞭策我醒来。空气向后流动。
大地上的一切：山脉、房屋、湖水与耕地
向后流动。在此处向别处的转换中
你啊，是动荡与纯净的飞行。

置我于安然。白昼的喧响沉落了，
夜晚升起星光和万籁。挺立在浩瀚时光
合唱中的你啊，在内心和外界的绝对之上
你是引领物质飞升的光芒。

（选自中国诗歌网"中国好诗"第 49 期）

春熙路的月亮与模特
程一身

一个暂住在金科北路的人
乘地铁 2 号线去春熙路
一抬头，看见月亮像个熟人
悬在两座高楼之间
夜色分布均匀的黑幕上
像个实心句号，那么高
贴着一个亮灯的窗口
墙上的巨幅模特顶天立地
似乎奢华富足就是幸福
路人在她的俯视下不断走过
乘电梯更上一层楼
他感到仍被俯视着
巨量的财富突然让他羞愧
他感到月亮也在俯视他
他感到墙上那个模特的原型
就住在月亮旁边的房间里
面对月亮他已无心抒情
他感到他置身在月亮与财富
交织的光芒中。是的
月亮照着诗人也照着商人
但此刻他感到到处是商人
商人却不知道他曾来过

（选自中国诗歌网"中国好诗"第 49 期）

演武桥下
籁弦

最靠近海的时刻，高架桥

放低了身段，在它世故的腹下，
越过探头辖区的栈道，我们听
卡车震颤着桥体：一片海，
来自更远的海，但也仅仅是
海的万分之一，将上下翻飞的白鹭
和沿街棕榈叶的机械摇摆
统统纳入大学城外动态的屏保。
对岸，开发区的灯火发掘了
夜的深度——倘若撩开山河
墨绿的面纱，定有一座不眠的机房
藏在幽远背后，计算冷暖、盈亏，
彼此间从无到有的距离。
然而，海风更具备循循善诱的
塑形之力，每一次呼吸都能吞吐
沙滩的轮廓，那些光影中事物的朝向，
中点，线与面的夹角：是午夜
一遍遍洗刷这凋敝的舞池，
把忘记附上邀请的酒瓶退回原址，
是三五个本地学生湿透了，提着凉鞋
从混沌处折返，是新奇的外省游客
走下去，蹉跎一夜如永恒。
他们新婚，好辩，急于施展手腕
迎战浩瀚的巨兽，但似有什么
被丢进身后，黑魆魆的大学校舍里
另一种层层叠叠的夜生活
最险峻的部分。我们也曾理解，
并借着助听器般的海螺，规避了
命数里散布的暗礁，或是攥紧一管
正在风干的墨鱼，无声书写，
直到深海未被水波柔化的蟹钳
真能骄傲地伸出，转动调频的旋钮。

（选自中国诗歌网 2017 年 11 月 17 日 "诗脸谱" 栏目）

启 示
（"我经历了……"）
连晗生

即使那样，今天——
应当记起，牵系尘世的莫名眼神：包含
事物无声的过去，越过未来
受惊的真实：
心紧缩而坚持；承受下午
轻柔的打击。安静的阳光聚集成型。
坐在一块石头上锻炼勇气。

（选自中国诗歌网 2017 年 11 月 3 日"诗脸谱"栏目）

回乡动车
骆家

一列动车，一条被压扁的积云
两尾黑色的带鱼排队进站
它们都不像看上去那样安静
驮得起疲惫的回乡人

有失散多年的厦门兰州两位老友
冒出来，这礼物比七月的雷雨热烈
我必须继续与飘渺的瓷为伍
桌上摊开《新九叶》九沓文稿

是的，我的乡愁跟回家不同
我想让九块石头飞翔云巅
而世界卡夫卡味道愈浓
我宁愿是它弃用的拐杖

千湖之省，雨落在游子梦里
近半年，相框里的远方
父亲还跟从前一样，温和地看我
是的，新写的诗读给他听

还有，拍摄隔窗的城市：东莞、郴州
衡阳、长沙、岳阳、咸宁。像灵感一闪而过
七月的河流浑浊不堪。故乡啊
我一路的沉默比窗外的夏雨更明亮

（选自中国诗歌网 2017 年 12 月 1 日"诗脸谱"栏目）

新诗史与作为一种认识装置的"传统"

/ 冷霜

　　从胡适在1917年2月1日出版的《新青年》第二卷第六期上发表《白话诗八首》算起，新诗迄今已经走过了百年历程。在这百年历史里，新诗与旧诗、新诗与"古典诗歌传统"的关系，是一个反复被提起的话题。有些时候，它涉及的是新诗的文学资源或美学资源的问题，而另一些时候，它指向的是如何评价新诗的问题，引出的是对新诗前途的判断、阐说或干预，也常常构成对新诗合法性的质疑。二十世纪末，曾为"九叶"诗人一员的郑敏先生提出，"在将近一个世纪的创作实践中，中国新诗的成就不够理想"，是五四一代新文学家由于"矫枉必须过正的思维方式和对语言理论缺乏认识"，"自绝于古典文学，从语言到内容都是否定继承，竭力使创作界遗忘和背离古典诗词"，而失去了对"古典文学语言的丰富内涵，其中所沉积的中华几千年文化的精髓的学习和吸收的机会"的结果，是其中较近的一个例子，而新世纪以来，随着中国越来越深地卷入全球化进程之中，新诗与"古典诗歌传统"的关系问题更是屡屡浮现于新诗创作与批评领域的讨论。某种意义上，这一问题以及相关的话语像一个幽灵，徘徊在新诗自身的历史中，由于一直未能得到深入和有效的剖析，而始终干扰着我们对新诗的认识。

　　对这一问题的解析，涉及很多具体、彼此缠绕的层次，比如，在新诗的历史中，一些诗人经由现代文学观念的中介，汲取古典诗词的某些美学和技艺资源，确曾形成非常生动的个体写作实践，这些实践也成为其写作风格和艺术独创性的重要成分。如何看待这些实践，以及它们与这一问题之间的关系，是一个值得讨论的问题。本文所要做的，是借助于今天对中国现代文学的现代性已经形成的认识成果，围绕"传统"及"古典诗歌传统"这些概念，从知识、话语的维度，从历史和理论两方面揭示其认识论的构造及其在新诗史上的实质意涵，希望以此拨开在这一问题上长期存在的某些迷思，使我们能够更清晰地认识新诗自身的历史进程。

一

在新诗历史上，关于新诗与旧诗或"古典诗歌传统"，无论是对后者所采取的总体态度，还是面对后者所侧重的不同面向、所赋予的不同内涵，在不同时期一直发生着变化。"五四"时期，白话诗运动在语言、形式和所欲承载的思想观念上都力图突破旧体诗词的藩篱，作为一个整体的修辞表意系统，旧体诗词被视为白话新诗的对立面，胡适"放脚妇人"的自喻，提示出在他（和他的白话诗"战友"）那里，旧体诗词的规制被视为与桎梏了社会文化发展进步的"封建"礼教体制之间具有内在的关联，是后者的一个表征，因而必欲颠覆革除之。但另一方面，出于建立言文合一的国语文学的理想，胡适将文学革命的重心放在文学工具的变革上，通过《国语文学史》《白话文学史》等著作，他又力图为新文学寻索、建构出一个"古已有之"的白话文学的前身，由此，他在为新文学、新诗谋求历史合法性的同时，也在它们与以往的文学及旧体诗词之间建立起一种连续性，一个文学进化论意义上的"传统"。这种态度上的复杂性，后来在新诗领域引起了废名的批评，认为这样一种认识逻辑将会动摇新诗之为新诗的基础。

在新诗已初步立住脚跟，同时文学观念的演进对新诗从审美现代性方面提出新的要求时，旧诗作为文学资源或美学资源的价值开始不断被引入新诗的讨论，如 1920 年代中期，周作人批评早期新诗过重白描和叙事、缺少"余香和回味"，而将"象征"与"兴"的艺术手法加以牵连，1930 年代中期，叶公超在指明新诗与旧诗之语言工具的根本差别的基础上，主张"新诗人不妨大胆的读旧诗"，以扩展写作意识和发掘旧诗文中可为新诗所用的材料。在新诗理论史上产生了深远影响的一些论述也集中出现在这一阶段，如周作人提出著名的新诗发展趋势上的"融合"论假说；朱光潜在其《诗论》等著述中所确立的会通中西古今、给予"诗"的内涵一般性的界定的诗学研究思路，积极地参与了当时的新诗讨论，在新诗的本体认知上具有相当的代表性；废名的《谈新诗》讲义虽然很长时间里影响有限，本身却是在 1930 年代关于新诗前景不同想象与实验的争辩性氛围之中的产物。它们都涉及新诗与旧诗及其"传统"的关系，或则在各异的思考向度和不同的层面上倾向于二者间的某种连续性，或则以一种复杂的认识趣味和诠释方式强调其间的断裂性，显示出在"新诗的十字路口"，对于这一问题的纷歧理解。

对于"古典诗歌传统"的另一重理解与诠释，萌芽于五四时期的启蒙主义、人道主义、平民主义文学观，在左翼文学思潮兴起和民族危亡的历史情境中进一步发展演化，后来日益具有政治意识形态的内涵,例如王瑶写于1950年代初期的《什么是中国诗的传统》一文中，将"中国诗的优秀传统"界定为"正视现实和反映当时人民生活要求"，"我们常常听见有人说现代的诗人应该学习中国诗的优秀的传统，应该使今天的诗歌和我们的民族传统有机地连接起来，并在这个基础上向前发展"。这种带有鲜明左翼文学思想特征的传统观突出的是从作家的思想立场和作品的题材、内容评价其文学史价值，构造其文学史链条，而不是像前面提到的几种思路，分别从语言、形式或美学的角度，亦即形式化的角度来诠释"传统"，与后者相似的是，这种左翼传统观在以往的文学与新文学之间也建立起一种连续性，如王瑶所著《中国诗歌发展讲话》（1956 年出版）一书中，将新诗部分放在最后，与主体部分的古代诗歌构成一个整体，在体例上，与其说是附骥于"中国诗的优秀传统"之后，不如说是这种文学史观所预设的一个新的历史高度，尽管其成就尚未达到其预期。这种左翼的传统观曾在很长一段时间里有力地塑造了人们的文学意识，今天有关"新诗与传统"关系的讨论中，仍然不时可以看到它的影响。

仅仅通过以上粗略的勾勒，我们已可看出，在新诗历史上，对于它所面对的所谓"传统"，并不存在一种确定不变的内涵，它的内涵是在不同历史语境中，基于新诗自身对其现代性的探求或不同的文学现代性方案所作出的诠释，而且，对于新诗与这些不同诠释下的"传统"的关系，也存在着不同的理解和争议，其间的差异性相当丰富。例如，同样认为新诗与旧诗之间的关系是断裂性的，叶公超主要是从语言差别的意义上来界分的，即"新诗是用最美、最有力量的语言写的，旧诗是用最美、最有力量的文言写的"，废名则是从审美生成机制的角度做出划分："我尝说旧诗的内容是散文的，而其文字则是诗的，我的意思并不是否认旧诗不是诗，只是说旧诗之成其为诗与新诗之成其为诗，其性质不同。"这种情况在主张新诗与旧诗之间具有连续性关系的论者那里也同样存在，尽管立场大体相近，但对于在何种意义上二者间具有承继关系却有着各异其趣的诠释。这两个层面的诠释——何为新诗相对的"传统"，以及二者间表现为何种关系——是既有区别又联系在一起的。

因此可以说，在新诗与"传统"之间，并不存在一种本质性的关系，而是呈现为一系列诠释和建构，而这些诠释和建构的内在动力和依据也来源于新诗自身和新诗所置身的文化、社会、历史处境，这些以"传统"之名展开的诠释和建构，都内在于新诗的历史及其问题性之中。正如臧棣所概括的："在某种意义上，传统的概念、形象、范畴，实际上都是由现代性提出的。正是由于现代性的出现，由于现代性本身所设定的传统与现代的二元结构，我们才深深地意识到传统的存在。"也就是说，将新诗与"传统"之间视为一种诠释性的关系，并非一般性的解释学意义上的认识，而主要是从文学现代性的视角得出的看法。不过，对于这一文学现代性视角，也还可以展开进一步的反思性的考察。

二

伽达默尔在其著作《真理与方法》中，在讨论"前见"在精神科学的理解中的意义时曾涉及"传统"，在对启蒙运动和浪漫主义的传统观的双重反思之下，将之作为精神科学的理解与解释的基本要素加以肯定，而在中国当代，很多人在使用这一概念谈论新诗时却往往缺少一种解释学的自觉，即伽达默尔在其论述中所蕴含的这样一种认识：传统并非某种内涵稳定不移乃至封闭的、可以"自然而然地实现自身"的事物，而是在理解和解释活动中得以延展、变异，换言之，很难离开解释学的维度去定义传统，也正是在这一意义上，伽达默尔区别了"流传物"和"传统"两个概念——它们恰恰大致对应着美国社会学家希尔斯所概括的"传统"的两种涵义："从过去延传至今的事物"及其"在时间中被接受和相传时出现的一系列变体"，希尔斯称之为"延传变体链"（chain of transmitted variants of a traditon）。就现代文学所面对的"传统"问题而言，伽达默尔这段话不失为一种有益的提醒："与历史意识一起进行的每一种与流传物的接触，本身都经验着本文与现在之间的紧张关系。诠释学的任务就在于不以一种朴素的同化去掩盖这种紧张关系，而是有意识地去暴露这种紧张关系。"

不过，就新诗与"传统"的关系而言，真正的特殊性尚在于，当我们使用"传统"或"古典诗歌传统"这些概念时，往往会忽略它们的现代起源。柄谷行人在《日本现代文学的起源》一书中批判性地考察了日本现代文学的形成过程，从起源上剖析了现代文学的制度化性格，从而还原出其现代性的认识装置，通过这一装置，现代文学在确立起自身之后其起源被忘却，与之有关的一系列观念取得了不证自明的具有普世性的面貌而被广泛接受，柄谷行人将此种认识的颠倒称为"风景的发现"，而所谓"国文学史"的观念正是在这种"风景的发现"中形成，它在现代的"文学"观念之上被规定和解释，以时间性的顺序来讨论它与现代文学的关系，恰是一种自我忘却的颠倒。而宇文所安也以不同的方式讨论了"五四"一代学者在现代的文学观念支配下对"文学过去"（他用这个概念来与"文学传统"或"文学遗产"等明显源自现代文学观念内部的术语相区别）的分割和重组，在此意义上，"古典诗歌传统"显然也源自这种"风景的发现"，"新诗与传统"这样的命题已经是建立在一个颠倒的关系之上的结果。也就是说，在新诗与以旧体诗词为主要对象构造起来的"古典诗歌传统"之间，由于后者已经是由现代的"文学"观念重新整理和诠释的产物，其对置关系是在此基础上被发明出来的，在根本上，这种作为"风景"的"传统"既不先于现代，也不高于现代，而是内在于现代性之中。

回溯 20 世纪 20 至 30 年代的新文学历史就可以发现，古典文学研究作为一门现代学科的最初确立与新文学、新诗的早期历史有着密切的联系。从晚清梁启超、王国维起，以现代的"文学"观念与历史主义方法重新整理、估价以往分属于四部的典籍，意味着现代意义上的古典文学研究的开始，而在它形成其基本面貌的过程中，胡适、郑振铎等"五四"一代学者占据着显著的位置，而胡、郑以及另外一些重要的学者如朱自清、闻一多等均出自于早期新诗人的阵营。在晚清、"五四"这两代学者／作家中，柄谷行人所说的那种现代文学观念对其起源的自我忘却已经完成，基于对文学现代性的信心，和将文学与建立新的民族国家的要求联系在一起的意识，新的主题，新的文类划分，新的文学语言观，都取代了旧的，成为新文学实践的要素，并延伸到古典文学研究中。到了 1930 年代，在"现代派"诗人群里，对于一种纯粹的、具有普遍性的诗性的追求成为一种共享的意识，卞之琳、何其芳、林庚、废名（后三位日后也都从事于古典文学的研究）等新一代诗人对于李商隐、温庭筠为代表的晚唐五代诗词的兴趣，就是这种追求在古典文学阅读中的延伸。

因此，涉及新诗与"古典诗歌传统"这一议题时，我们必须注意到它已经经过了多重诠释的中介，即我们首先是在现代的"文学"观念中对以往的典籍进行整理，从过去的"诗""骚""乐府""词"等不同体裁中建立起一个历史主义的古典诗歌的脉络，继而在此基础上对作品加以评价诠选（不同的评价诠选标准之间也存在争夺），并确立起文学史上的经典——而所谓"传统"，其内涵正是在这个过程中形成，很大程度上取决于这些经典及其解释。当这一过程从古典文学研究进入到文学教育中，它意味着这种"传统"的解释逐渐知识化、体系化，甚而成为一些看似自明的知识。而这种意义上的"传统"在认知形态上与中国古代文论系统中的"通变"观念，或宗经尚古的意识（如杜甫所谓"别裁伪体亲风雅"）已完全不同。我们也可以从"被译介的现代性"的角度，去考察"传统"这个作为"回归的书写形式外来词"的现代概念的历史，当我们从日语中重新引入这一古汉语复合词，以之翻译英语中的"tradition"，哪些汉语中原有的概念、语词和理解方式被替换了？这种替换最终完成于什么时候，并带来了认识和理解上的何种后果？等等。正是基于这一现代概念的多重建构性质，本文（除个别情况下）才以加引号方式来使用它。

理清以上问题，并不是要否认旧诗书写系统的历史存在及其价值，而是想指明，"传统"远非一个自明性的概念，而是一个现代性的认识装置。当我们用它去谈论新诗或现代文学时，如果没有明确认识到这一点，不仅难以有效地触及问题，很可能只是在无意识中重新启动了此前附身在这一装置上的种种话语，而进一步用它来评价、衡量新诗，就更是陷入了迷途。回到新诗史的研究中，理解了"传统"概念的认识构造，有关新诗与旧诗、新诗与"传统"，更值得考察的问题或许就变成了诗人如何在具体实践中征用、转化、改写古典诗歌中的文学、美学和技艺资源，同时，新诗在寻求自身出路、方向时，如何借助对新诗与旧诗关系的诠释来展开自我想象，而这些各异的诠释之间又形成了何种历史图景，以及，在不同时期浮现的对旧诗"传统"的话语利用，是在何种文化、社会、历史语境中生成了其效力的。

（选自《文艺争鸣》2017 年第 8 期，责任编辑：张涛。）

诗道鳟燕 2017

/ 臧棣

    诗的本质：要么发明孤独，要么重塑孤独。如果做了其他的，都不过是跟历史撒娇。但既然是路过人间喜剧，有些事情也要学会宽恕。

    回顾新诗百年，人们经常喜欢谈论的一个话题就是，新诗的写作中没有大诗人。新诗里没能出现天才的诗人。如果放在二十年前，或许这些准闲话式的议论，还能勉强支撑自己一下。今天再回到这样的话题，真相其实是，新诗的百年实践中不是有没有天才有没有大诗人的问题，而是新诗的天才新诗的大师有没有运气的问题。

    如何判断一首诗？那向你发出邀请的，是否本源于生命的原始场景。在我们的诗歌场域里，人们经常纠结于如何判断一首好诗，经常把大量时间耗费在绞尽脑汁试图确定出一套行之有效的鉴别诗的好坏的标准。其实，确定诗的好坏，只有在特殊的场合里才是有必要的。而且，确定诗的好坏本身也只是一种二流的工作。如何判断一首诗，也许很复杂，但归根结底，一首诗不过是生命的一种风景。所以，在一首诗面前，只要有足够的阅历，你难道还看不出你面对的是怎样的风景吗？

    再进一步，什么是诗？诗，就是你接到了那个神秘的邀请。说起来，也不复杂。这里面其实有一个明显的标记：在你和世界之间，因为有这样的邀请，孤独反而变成了生命中最好的最可信的礼物。

    在我们的诗歌文化中，一旦话题卷入诗和朴素的关系，往往很快就会堕入这样的立场辨析：在盛开的牡丹和青绿的小草之间，哪个更朴素还不一目了然吗？语言的朴素，固然值得称道。但也必须懂得，它其实只是一种非常特殊的风格现象。把诗的朴素本质化，在流行的诗歌观念中几乎变成了一种文学道德的惯性。但严格说来，它对我们理解什么是诗，并无本质的帮助。相反，多数情形下，它反而会构成一种蒙昧的文学幻觉，让人们误以为语言的朴素仿佛是诗的一个目标。事情的真相很可能是，诗的朴素，抑或诗的华丽，都不过是一种诗的地理现象；就像牡丹和小草，它们的存在是大地的选择。人的决定，说到底，不过是一种自我观看。

什么是诗的意外？当你在语言中潜伏下来后，猛然意识到语言已在你身上潜伏了这么久。

什么是诗人？说起来仿佛有很多答案，但最根本的其实就是：下决心带着生命的觉悟回到语言中的人。

真想知道人世间有什么真相的话，就必须面对：词语是诗歌的一个卧底。

诗的个性，其实就是，诗普遍得就好像你比一个生命更具体。

好诗会把我们带向边界。而最好的诗则正把你带向边界。这几乎可以用来作为诗的一个标准：能把我们带到边界的诗，就是好诗。或者说，好诗都具有一种力量，能把你带到你可能抵达的最远的地方。这也几乎可以用来作为诗的一个定义：诗是一种边界现象。哪怕是最熟悉的言辞，在边界也会涌现出陌生的意味。也不妨说，诗是生活和宇宙的双重边界。

在当代诗界，人们对诗和修辞之间的关系的误解乃至成见，是很深的。修辞和诗歌观念有关系，但毕竟，在本质上，它还是一种语言现象。在现代的诗性书写中，诗和修辞的关系并不单纯；它们中间其实还夹杂着诗和语言的关系，修辞和语言的关系。这些关系纠缠一起，它们并不是静态的，它们之间的相互碰撞相互渗透，也是非常复杂的。但在流行的诗歌批评中，特别是在惯常的诗歌阅读中，存在着一种想当然的判断：好像诗和修辞之间是矛盾的；很多时候，带着极度的轻蔑，两者的关联被指认为就像灵魂和皮毛。修辞，只要稍稍靠近一点智性，或稍稍偏向一点实验性，就被说成是背离诗的本真。按这样的话语逻辑，修辞事实上成为诗的对立物。这其实是很大的误解。古人也不是这么讲的。尽管修辞容易出问题，但古代诗人的核心信念还是：修辞事关诗的诚实。修辞立其诚。这表明，在古代的表达信念中，我们的先辈非常透彻地理解：修辞和诗的诚实之间的本质联系。修辞决定着诗的诚实。修辞绝不是外在于诗的表达的，也就是说，修辞绝非诗的皮毛。修辞本身就是诗的灵魂的一部分。

再回到现代的诗性书写中看，人们经常反感的所谓的"过度修辞"，其实多数情形下，都是成熟的诗人对诗的语言的个人化使用的一种风格印记。事实上，很多被说成是"过度修辞"的例子，不过是诗人对诗歌语言的一种反常规的独特的使用。更常见的情形：所谓的过度修辞，如果从想象力的角度看，它们大多都是出于诗人所面对的现代经验的复杂性造成的。所以，公平地讲，过度修辞，其实一点也不过度，它不过是对诗的表达的综合性的一种体现而已。

诗，存在的目的就是要抵抗思想的阴郁。更特异的，甚至是要抵抗文学自身的阴郁。

读不懂诗，作为一个问题，经常被人夸大。其实，绝大多数情形下，读不懂诗，只是一种现象。既很正常，但有时也很可疑。爱因斯坦的相对论，对有些人来说，你怎么解释，他都会说，还是不明白。同样，在诗歌的阅读史上，被反映出来的很多难懂的诗，对另一些人来说，根本就没什么难懂的。就个体的差异而言，有些诗，读不懂，其实是很正常的。如果涉及阅读的伦理，那么可以说，读不懂的情况，原因完全在于个人。这种情形下，有几种选择。第一，感到极其懊恼：天下怎么竟然有我读不懂的诗。懊恼的极端，是把不良的阴暗的个人情绪怪罪于诗的作者。这种行为，深究下去，就涉及一种人性的恶劣。每个人的智识都是有限的，天下之诗，诗的多样性如此丰富，一个人如果不过分自恋的话，他怎么能自信到以为能理解所有类型的诗呢。也可以扪心自问一下，作为一个人，作为一个读者，你到底付出过什么样的努力呢？第二种，读不懂，就是我一直提倡的，我觉得这恰恰预示着一种人生的机缘，心智的挑战。嘿，普天之下，竟然有让我费神的诗。

那我倒要好好深究深究了。这样，通过扩展阅读，通过更耐心的体会，大多数曾经让人感到难懂的诗，其实都不是那么难懂的。所以，读不懂，就诗的阅读而言，就人性的自我改进而言，其实是我们的一次机缘。第三种，读不懂，就阅读而言，一定是相对的。大部分好诗，最终都是能读懂的。就诗歌文化的道德性而言，如果有的诗，确实读不懂，那么，主要的责任不在于诗人，而在于诗的批评没有尽到责任。第四种，记住一个原则，一个人没必要觉得自己能读懂所有的诗。我们的诗歌文化惯于鼓励一种恶劣的倾向，读不懂的诗，往往被判定为不好的诗。其实，大部分好诗，都是有点难懂的。所以，真遇到读不懂的情形，最好问问，自己究竟有什么问题。当然，这也确实有点艰难，因为这涉及我们愿不愿涉足心灵的自性和自省。第五种，对于读不懂的诗，最好能怀有一点深刻的同情心。在我们的历史语境里，如果真有读不懂的诗，那么，它很可能是一件非常好的事情。就像德国人阿多诺表露过的，诗的晦涩，尤其是给这个世界的麻木的一记耳光。诗的晦涩，是个人对普遍的堕落和麻木的一种必要的防御术。

对个人来说，大多数时候，所谓诗的形式，就是你有没有过形式这一关。形式和权力的关系也非常诡谲：如果你足够强悍，形式最终会屈服于你的审美意志；如果你过于柔弱，形式就会毫不留情地将你的才华吞噬殆尽。

没被语言处理过的诗，就像人的内心没被大海处理过一样，最终会显得极其乏味。

诗的想象和物理学的想象有何不同？诗人的想象和哲学家的想象具有通约性吗？诗的想象必须依靠它和其他认知方式的差异来显示自身的独特吗？

这些疑惑，也许无法仅仅凭诠释来消除。但有一点是明确的：诗的想象确实更敏感于想象的差异。

说到底，诗的形式取决于抒写的快乐如何严谨于语言的神秘。换句话说，诗的形式，既体现为和文体有关的一种外在的现象，更表现为和审美意志相关的一种内在的体验。真要翻底牌的话，诗的形式，既不是客观的，也不是主观的。它取决于美感如何影响到我们的觉悟。

诗和形式的关系，在我们的诗歌文化中，依然是检验人们的诗歌认知程度的一块试金石。想想，这其实挺悲哀的。但也未尝不是一种喜剧。诗的形式，按文学认知的惯性，容易被框定成一套既成的文体规则。这种规则默认，或许在封闭的文化环境中，还可以勉强维持。但对现代诗这样的正日益面对的开放性的世界景观而言，必须意识到情况已发生了根本的变化。诗的形式，不仅是诗人要面对的一件工作，更主要的，它已演变为诗人要去完成的一项任务。过去的经验，过去的范例，固然可以参照，但既然是一项任务，诗人就必须深入到语言的行动中，通过积极的行动，根据处境的变化，来完成它。不懂得诗的形式是一种语言的任务的人，怎么可能领会现代诗的形式之美呢？

重要的，不是新诗的命名是否恰当，而是伴随新诗的实践，我们的表达最终形成了哪些新的文学能力。

百年新诗历史，一个有趣的现象就是，新诗的合法性只是在特定的场合里，在特殊的时段里，才成为一个问题的；事情本来很简单，却被一帮笨伯整成了背叛祖业的是非问题。讨论新诗的合法性，其实存在着一个常识的限度：即一个人喜欢写新诗，你拥有再大的权力，也不能杀了他。如果我们的讨论能常常顾及这个底限，许多被归入新诗的合法性来纠结的话题，其实根本就没什么好讨论的。

作为一种经验，诗最重要的特性，是它对个体生命的激活能力。用法国诗人兰波的话说：我是一个他者。没有这种激活，我们的感知力就会处在一种封闭的自恋之中。更重要的，假如没有这种激活，一个人就不会接触到内含在他自身的生命的潜力。所以，写诗，读诗，绝不仅仅是一种无用的消遣，它们事关一个人对自己的生命机遇的把握。

与其探究个人性如何在诗的写作中发挥作用，不如省察个人性如何在诗的写作中留下独特的印记。一个敏锐的诗人往往面临两种内在的选择：通过你，诗成就了语言；抑或，通过我，语言成就了诗。对诗而言，最好的个人性，其实就是一种即兴性。缺乏即兴性的诗歌写作，会导致严重的后果：一开始，它可能只是让诗人的风格意识变得越来越迟钝，最终它会窒息诗人的想象力。

事情其实很简单：伟大的诗产生伟大的精致。伟大的精致源于强悍的想象力。

小诗人的写作，诗的自由即绝对不允许有阴影和边界。它近乎一种虚张声势的能量释放。大诗人的写作中，诗的自由即诗的责任。换句话说，诗人的自由是一种神秘的责任。它包含着对阴影和边界的接纳。诗的自由是一种独特而又清醒的现实感。

小诗人和大诗人，并不仅仅指向一种写作身份。更多的情形下，它们是写作主体内部的两种偏爱相互角逐的力量。从这个意义上，大诗人身上的小诗人往往比小诗人身上的小诗人更活跃，也更反动。另一个明显的标识是，大诗人身上往往有很多小诗人，它们构成形形色色的分神；而小诗人身上往往只有一个很少受待见的大诗人，它常常令小诗人感到狂躁。

吊诡的是，大诗人身上的大诗人，往往比小诗人身上的大诗人更难见到。一旦出现，它就把作品提升到伟大的高度。大诗人之所以是大诗人，就在于他总能在关键的时候遏制住他身上的小诗人的分神伎俩；小诗人之所以是小诗人，就在于他也总能在紧要关口杀死自己身上的大诗人，以获得一种浅薄的终于摆脱了羁绊的感受。

写诗的动机，如果从本源上讲，它是对生命意愿的一种意志的表达。如果从文明的角度看，它则是一种顽强的探究；主要任务是，用生动的细节去重新刻画被意识形态抹平的世界的本来面目。

就境界而言，诗是一种更好的运气。严格地说，这也涉及写作的一个动机：假如诗如果不是出自一种运气，它其实完全可以不必写出来。再进一步，一般认为，诗的好坏是由诗人的天赋决定的。也许这种印象的确可以在诗歌写作史中找到一些佐证，但从根本上，诗的好坏是由运气决定的。诗人的天赋，博学，良好的心智，充沛的灵感，在某种程度上会起一点作用，但这些都无法改变这个事实：诗是由运气来决定的，诗的批评的好坏取决于它是否能成为诗的运气的一部分。通常，人们会觉得诗的批评的好坏，是由批评者的才学和见识决定的。这其实也是很皮毛的观感，批评主体的文学才智，固然重要，也值得尊重，但好的诗歌的批评只能建立在它是否能变成诗的运气之上。如果仅仅满足于对一首诗，表达一些不凡的看法，虽然也不错，但这还不足以让这些看法成为一种好的诗歌批评。

其实，也可以这样理解，诗的乐观，从文学想象力的角度去理解，它并不需要得到现实经验的验证，它的本源源于人的精神感受。而且，诗的乐观，更可能是诗的"天真之歌"的面具。换句话说，诗的天真，牵涉诗对人类的生存面貌的一种发明。

诗主要不是用来理解的。这不是说，诗和理解无关。理解诗歌非常重要的。如果愿意努力的话，理解一首诗能带来非常大的生命的愉悦。但由于人类个体的差异，以及人的理解力本身的局限，从文学行为学上看，理解诗歌，在我们和诗的关系中其实又是非常特殊的一种情形。但目前流行的诗学理论从来不愿意正视这一点。如果缺乏对诗歌和理解之间的关系的正确的态度，那么，理解诗歌本身就有可能招致一种令人懊恼的状态。

其实从阅读行为上看，读者作为个体，其阅读活动是很有限的；而诗作为世界性的存在，则是浩瀚的，多样态的。这样，即使一个读者的理解力再强悍，面对诗歌的丰富性，他总会在有些诗歌面前，感到力不从心。这原本很正常。但在我们的阅读文化中，这种力不从心，经常会归纳为诗的晦涩。其实，这不是读者本身的错，也不是诗本身的错。正确的态度是，作为读者，必须知道诗的晦涩，大多数情形中，恰恰是自身的阅读经验抵达诗歌认知极限的一个自然的反应。所以，如果读者足够慧心，其实应该感谢诗的晦涩。

诗人得到一首诗，需要的时间是非常漫长的。哪怕人们在传记的意义上，从表面获知，一个诗人的某一杰作是在几个小时内就完成的。而读者得到一首诗，或说接触到一首诗，需要的时间则越来越短。付几十元，就能买到一本诗选；或在互联网上，用搜索引擎几分钟内就能捕捉到想读的诗。这就导致了人们在接触诗歌方面巨大的失衡。由于获得诗歌的时间太短，读者，特别是缺乏耐心和同情心的读者，就会把读诗行为降格为一种肠胃蠕动，在这种阅读惯性下，读诗所涉及的审美反应已简化为一种生理反应。不幸的是，大多数所谓的诗歌批评都是建立在这种生理反应之上的。所以，诗人对批评的反感或憎恨，作为一种文学的直觉，是有深刻的原因的。

（选自《草原》2017年第4期，责任编辑：敕勒川。）

《雪》
谭毅
36cm × 55cm
纸面粉笔
2017 年

21 世纪中国新诗的主题、精神与风格

/ 王东东

相对于 20 世纪 90 年代的诗歌来说，新世纪诗歌虽然总体上并不逊色却显得面目模糊，这自然和我们犹然身处现场以及因而受限的批评视域相关。此外，我们也应该意识到，福柯意义上的"认识型"或话语模式的转变是一个缓慢的过程，虽然这一直是公开或暗中发生的。本文的写作只是总体上呈现新世纪诗歌面貌的一个尝试。显然，一切"进行时"的新世纪诗歌批评都可以帮助达到这一目的，而 90 年代诗歌批评作为认识的参照物也不无必要，因为说到最后我们要完成的是一种历史批评，那么就必须注意历史的延续和中断并从中产生历史的形塑。在最表层，我们可以发现诗歌及其批评的话语场域发生了变化，比如打工诗歌与中产阶级诗歌的表面对立取代了 90 年代诗歌民间写作与知识分子写作的争论，而在场域变化的背后却是诗歌写作的对象和题材的变化，并进而也影响到诗歌的精神品质与风格形式。

一、 社会主题的呈现

新世纪初最为引人注目的诗歌事件是"打工诗歌"的出现，与强调底层关怀的"新左翼批评"的关联更是加强了它的传播，并不断生产出从郑小琼到许立志等越来越多的代表诗人。与之相对，有学者提出中产阶级诗歌的概念，并将公民意识与中产阶级诗歌写作关联在一起，试图确立"中国中产阶级诗人的启蒙立场与姿态"[1]。由于左翼文学批评传统的强势，打工诗歌虽然一直面临美学升华的难题，却受到普遍的青睐。而中产阶级诗歌则难免陷入消极的"道德归罪与阶级

符咒"[2]。实际上，命名的多元化恰好指证了某种总体性话语及其追求的失败，或者说应该以另一种方式理解总体性。

可以确证，打工诗歌与中产阶级诗歌的命名比民间写作与知识分子写作的对立更具现实性，也就是说更具与社会政治的现实关联性。民间诗人与知识分子诗人的分化集中爆发于1999年的盘峰论争，其中充斥着对意识形态话语的布尔迪厄式应用，通过文学的"象征资本"争夺"文化领导权"成为参与者的目标。在论争中，民间话语甚至被直接等同于中国话语，而知识分子话语则被等同于西方话语。在这个意义上，这场争论不过是拙劣地模仿了新左派与新自由主义的争论，它们真正的分歧其实更多体现在诗歌作为一种美学方式和文化方式的实践上：表现在语言（围绕着书面语和口语的争论）、技艺与风格（现代主义及其反面）诸方面。要认识这一点，只需考察双方所持有概念的建构过程，这一"概念史"是诗人写作历程中自我意识的投射。由于全球现代主义的不平衡性和漂移性，知识分子的诗歌写作最大程度地汲取了后现代主义的因素，不仅让主体的精神面目变成了他们津津乐道的"幽灵"，而且也让写作的对象——世界本身——消失于文本内部。知识分子诗人经常援引法国后现代哲学家，从而沾染了一种与世界保持"美学距离"并崇尚"文之悦"的文人趣味[3]。从韩东的"诗到语言为止"以及于坚的"拒绝隐喻"（从20世纪80年代到90年代，二者恰好构成了一个符号的逆转或曰阐释学循环）可以看出，民间写作与知识分子写作分享了同一种后现代主义的气质，只不过民间写作更多是以消解的反动方式表现出来，其中存在着以语言之矛攻语言之盾的危险。因此，民间立场中的崇高目标——"一种人文关怀的平民精神，一种人性人道主义观点"[4]——并不能很好地实现，当然这也和民间写作转向日常生活之后的平庸化不无关系。

这里可以稍作总结，如果说20世纪90年代和新世纪的诗歌场域都逃不开意识形态话语的渗透，那么90年代场域中更多是诗学与意识形态的对接／综合，而新世纪还在诗学和意识形态之间的空白地带中开拓出一个社会学的空间，这是以前所没有的。打工诗歌和中产阶级诗歌的命名无不体现着这种鲜明的社会学眼光，它至少提供了三个方面的洞见。首先就是对作者身份以及社会位置的洞察，并据此将诗人分为不同群体。不过这更多是出自批评家的意志，而非奠基于诗人彼此之间有时难免意气用事的争吵。在某种程度上，这就比民间写作与知识分子写作的划分更客观，也更有辨识力。说到最后，90年代两派诗人的划分不无牵强，不如将之等量齐观，在整体上或许可以将他们理解为"民间知识分子"。当然也要看到，任何概念划分都是浮动的，当郑小琼脱离打工群体而进入作协体制，她能否继续作为打工诗人的代表似乎就成了一个问题。不过只要作者的写作意识没有变化，她的创作属于底层文学总是可以成立的。实际上，郑小琼仍于近年贡献出为打工者塑造群像的诗集《女工记》。因而，第二个洞见尤为重要，即由于这种受限于作者社会条件的写作意识，形成了带有"独占性"的写作对象以及内容的"异质性"。打工诗歌大量呈现机械、流水线和工厂的场景以及生活于其中并图解生命政治的劳动力。

与之相反，中产阶级诗歌似乎更多展示咖啡馆、图书馆等城市室内空间，仿佛在向我们宣称人性由自由的游戏铸就。从生存和游戏的差异可以区分打工诗歌与中产阶级诗歌。借用尼采的话说，前者产生于生命的贫乏或不足，而后者则产生于生命的过剩[5]。即使二者都会涉及广场和街道等城市室外空间，但中产阶级诗人更容易达至一种波德莱尔式的发达资本主义时代的抒情诗人形象，而打工诗人则很容易沦为在发展中国家的城市迷宫中挣扎的浪漫主义的感伤者，并在最好的时候成为抗议者。最后，则是由写作主体和对象的融合而形成的一种对社会主题的呈现，或者说，诗歌中的抒情主人公（Lyrical I）以阶层视角传达出的社会观念。

这一社会主题的呈现基于一套诗歌美学的认识论装置，承载了语言释放出的批判力量，且作为一种历史远景和社会希望而存在。刘东就以否定的方式表达了打工诗歌内蕴的希望："说到底，在我看来，既然'打工诗歌'的独特使命就在于——为一个独特的受压迫群体谋求生存，那么不管它的外在形式是什么，总应当让自家兄弟们更加会心，对其他阶层显出更多的陌生性，而非在文化上急于被优势阶层所同化。只有使'阶层意识'上升到了这一步，打工诗人们对于自身境遇的强烈关照，才不会仅止于社会学层面上的身份认同，而有可能升华为一种真正的文化创造。"[6] 但这不仅是美学的希望，而且还是一种追求阶层共通感的社会学的希望。无独有偶，欧阳江河也表达了对中产阶级"从文化到结构"的期待："但至少在目前，强加或强行发明出一个中产阶级的文化趣味和中产阶级的意识形态，显然是不妥当的，它的遂行还有待于历史的发展。当然，不急于命名并非不进行思考。在思考中产阶级文化心态时，有两个关键的地方：第一要关注底层；第二要关注从中产阶级里面成功跃入到富裕阶层的人及此过程中的文化心理反差，参照比它更成功和比它更底层的两种不同文化。富裕层、底层、中层是连在一起的，而非断层，我们必须做平行思考。"[7] 社会结构的转变或良性化是一个漫长的过程，自然也不仅仅依赖诗歌的文化创造，但诗歌中社会主题的分化与社会结构的良性化过程却是同步的。也许，中产阶级诗歌的命名改为中产阶层诗歌或中间阶层诗歌才会为人接受。或许也可以说，由于社会主题的分化，新左派与新自由主义的意识形态之争在诗歌领域才显得并非痴人说梦，而是形成了诗学—社会学—政治意识形态的阐释链条与空间。

除了打工诗歌与中产阶级诗歌，其他诗歌现象也印证了社会主题的分化乃至多元化，诸如杨键的《哭庙》、柏桦的《水绘仙侣》等"江南诗歌"对古典中国的追悼和追寻，渗透了文化和政治双重意义上的保守主义，但也从另一个角度揭示了中国当代意识形态的复杂性。然而，有时作者本人的观念并不能当真，如柏桦对胡兰成的推崇，但王国维难道不是一个更好的推崇对象吗？杨键在《长江水》中写道："长江干了，／如艾草。／／艾草里有一个疯狂的屈原，／我的生命，／／不能成为屈原，／就成为艾草。／／一朵云压在了一条小船上，／舱内的知了壳，依旧忠实于地底。／／江水的贫穷接近于无穷无尽的奢华，／小船急速地划动想把自己拴在细瘦的芦苇秆上。"惊人的是这首诗的结句："裸露的根，滚烫滚烫，／别忘了，死是我们这里真正的压舱物。"[8] 这就让诗人企慕的古典中国成为现代中国的创伤及其治疗。再如地方性主题（沈苇、雷平阳）的出现，沈苇作为一个"外来人"对边地的书写表现出一种朴素的人道主义精神，但他并不像张承志那样热衷于传达观念，而是汲汲于将边疆"内化"为情感和体验的巨大空间；甚至自然主题、生态主义与环保题材的诗歌也受到重视，"在李少君诗歌中，这种生态主义视角不仅代表一种观念与价值立场，同时也是一种诗歌的具体思维方式和体察的诗意目光。"[9] 实际上，如果不是我们处在一个政治凸显（包括生态主义的政治）的时代，像李少君这样的诗人很难获得重视。这些诗歌现象都意味着前所未有的社会多元化视野。

二、 诗歌中的时代精神

如果说 20 世纪 90 年代的"启蒙的分化"[10] 打破了 80 年代新启蒙运动的"态度同一性"[11]，那么在新世纪进行启蒙则必须经由对"反启蒙"的克服才能走得更远。实际上，无论是底层诗歌的鼓吹者，还是中产阶级诗歌的命名人都打着"启蒙"的精神旗帜。诗歌中的时代精神也从 90 年代的怀疑主义重新走向了理想主义。

由于中国社会的变革，90 年代的文化精神沦落为一种犬儒主义的怀疑论，思想与文学状况概莫能外。这是有理由的，既然具有治愈功效的话语产生于 80 年代末，只有在精神分析的视野中才能逼视历史创伤中的话语真理：话语的调节就是主体的调节。90 年代诗人普遍意识到 80 年代末对他们写作的决定性影响，只不过他们没有意识到这影响不仅是风格形式，而且是精神形式。原因也许在于他们不愿意承认历史和主体精神的衰退。"在前'文革'时期，诗人关注题材甚于形式，这时则相反地关注风格甚于内容和立场"[12]，对风格的关注更由于掩盖历史的企图而增大，这一点甚至情有可原，毕竟只有抚平历史创伤，话语主体才能证明自身的健康。中国新诗自诞生以来，就受到了太多的文化政治影响，因此，我们无法忽略诗歌中的时代精神。这在表面上似乎影响了新诗的独立美学空间的拓展，但实际上也形成了新诗的精神品格——对历史的忠诚，而新诗的美学空间又与这一历史空间无法分割。压抑到世纪末才爆发出来的知识分子写作与民间写作的集团对立，不过是头脑 / 精神与身体 / 物质之间的冲突。这种冲突在两派的诗学里都有表现。这是以怀疑主义的形式表现出来的身心二元论的典型症状。以 90 年代的代表诗人欧阳江河为例，其语言的诡辩实际上对应着现实的诡辩，它指向的是社会的转向。《计划经济时代的爱情》与《关于市场经济的虚构笔记》等诗作均写出了社会转向给人的"头脑转向"带来的困难。于是，西方二元论的活力[13] 在我们这里再次成了精神怠惰的象征。如何挣脱这种二元论的迷雾？欧阳江河在新世纪的长诗《凤凰》试图打破这一分裂，提出"凝结成一个整体"[14] 的愿望，这是社会物质与个体精神合一的愿望。考察新世纪初的"下半身""口语诗"等诗歌运动或现象可以发现，它们在很大程度上是知识分子派的叙事性和民间派的生活流的"调和"的结果。这构成了一种"日常叙事"，同时降低了诗歌写作的精神性及难度。当然，要为此负责的并非 90 年代诗歌，而是新世纪诗歌自己。但其中，较有成就的诗人的写作也逐渐脱离了 90 年代诗歌划定的范围。他们所接受的佛教、基督教等精神资源，虽然在我们的文化版图中处在边缘状态，却帮助发现甚至暗合了诗歌中的时代精神。

在众多受到佛教影响的诗人中，陈先发最为引人注目。他写了一些受禅宗思想和语言影响的优秀作品，由于它们对二元论思维方式的突破，他的诗歌将越来越显出重要性。而禅宗思想在文化政治的版图中显然处在弱势。陈先发所取得的诗歌成就并不等同于他倚重的东方资源，而更多是一种本质上的确是"诗"的东方思维对 90 年代二元论的奇特化解方式。后者的真实状况是，社会这一庞然大物在二元论的视角之下变得支离破碎，社会的物质层面与精神层面龃龉不合。陈先发的思维在某种程度上是海德格尔与慧能的组合，却正好化解了存在主义的恶的推理和现代名物制度的无止量增长。最后他得到的结果是一个对人漠不关心的沉默的自然，犹如一个迷恋认识论的书生以语言游戏为乐，却转向了现代禅师追求机趣甚或玄机的"偈子"式书写。在极端的时候，他甚至试图取消和毁灭语言表达自身的意义，但另一方面我们也知道，这种对语言或艺术的否定最终会导致对艺术语言之自我指涉甚至自反性 (self-reflexivity) 的发现。从正面来看，陈先发所找到的禅佛思维是一个近路，在关怀社会的儒教之外找到了安顿心灵的佛教，实际上也敞开和丰富了我们一直在探讨的传统的层次。这一点，陈先发的诗写得比较清楚："我知道时代赋予我的痛苦已结束了。/ 我披着纯白的浴衣，/ 从一个批判者正大踏步地赶至旁观者的位置上。" [15] 然而，这个旁观者更有可能是一个身心健全的批判者。

　　陈先发的《丹青见》写道："桤木，白松，榆树和水杉，高于接骨木，紫荆 / 铁皮桂和香樟。湖水被秋天挽着向上，针叶林高于 / 阔叶林，野杜仲高于乱蓬蓬的剑麻。如果 / 湖水暗涨，柞木将高于紫檀。鸟鸣，一声接一声地 / 溶化着。蛇的舌头如受电击，她从锁眼中窥见的桦树 / 高于从旋转着的玻璃中，窥见的桦树。/ 死人眼中的桦树，高于生者眼中的桦树。/ 被制成棺木的桦树，高于被制成提琴的桦树。" [16] 他得到的结果正是一个"高于"艺术（提琴）的自然（棺木）。在一个开放而又封闭的语言游戏里，陈先发因而可以尝试"理智把头撞到语言的界限上所撞出的肿块" [17]，然而这种语言的肿块未尝不是具有新意的诗歌。当代诗坛还有不少诗人浸淫于佛学，如杨键、泉子、杨典，陈均的诗在这方面也影影绰绰。张曙光在资源上偏好海德格尔和维特根斯坦这两人，但与禅宗始终保持着一步之遥，这也是大部分中国诗人的态度。杨键更偏向于"生命之感通" [18]（这也是他对同样事佛的白居易的描述），陈先发则表面更重于思辨，而往往近于"顿悟"。在总体上，陈先发、杨键、陈均这些诗人保持了心灵解放的价值和朝向自由的初衷。

　　基督教也提供了一种超越性的精神视角，从而有利于新世纪诗歌精神的升华。周伟驰的看法可谓精当："对于一个诗人来说，最为重要的是观看世界的角度应当具有独特性，而基督教在汉语诗歌中恰恰能够提供以往中国诗歌欠缺的超越的角度，从而在普通的词与物之上加添了一层光辉，这使得其诗具有了区别于普通诗人的特质。"[19] 其实不光是这样，很多中国诗人也很艳羡于基督教的风情，桑克一语道破了基督教对中国诗人的吸引力："我偶然向窗外望了望……突然发现在中国，信仰上帝更是保有一种距离感的美妙方法。"[20] 然而，基督教这种尼采眼中的消极虚无主义在中国却有可能成为一种积极虚无主义，也许，基督教的视角有利于帮助中国诗人再次发现传统中国思想中的理想主义，自然也有利于他们秉持一种理想主义（就如佛教在中国古典思想中打开的"缺口"一样）。身为信徒的"80后"诗人黎衡的《哀歌一种——穆旦九十周年祭》试图以信仰的视角看待中国历史，然而只留下一个精神主体无比孤独的身影："飘浮的天使曾对你 / 讲着汉语，你说'主啊！'你说着，你睡在 / 比身体还陌生的墓床上，只有文字 / 留下了你的某些部分，它们像肉身腐烂的大地上 / 降下的一层霜晶，它们孤独地 / 呼啸着，把一个凹陷的背影裹挟而去"[21]，穆旦的诗歌语言或词语也成为精神的晶体，成为信仰的启示。《哀歌一种》回顾了穆旦诗歌与基督教的精神联系，这一点甚至超出了穆旦的个人信仰而与他是否具有基督信仰无关，虽然他归国后的人生仍然逃不出无信仰（国度）的命运："'主啊！'你说，你说着，你站在 / 归国的孤轮上，但天国是远的 / 通向欲望和批斗会的小路是一条 / 软绵绵的皮尺，什么也量不出，你只用它 / 绕住自己，你听到了吗？"[22] 在黎衡仿佛总是无故叹惋的声调里回响的其实是仪典般书写的庄重，而在其中，已经看到超越精神所赋予他的情歌般的人性尊严："神的应许让我们站立，让我们显形。"[23] 黎衡写作的并不一定就是基督教诗歌，而且还可以是这样深沉的情诗。

年轻诗人普遍表现出理想主义的气质，既有历史阶段也有人生阶段的原因。再以"80后"诗人唐不遇为例，他饱受关注，与他很早在身体叙事里透露出来的智性有关，但直到他有能力对历史发言，才发现了不同世代人类命运的相似性，即人类作为历史的牺牲，作为祭礼，但又作为精神主体而存在的命运。"弱冠之年的你们"永远都是那无法在历史中获得圆满实现的精神主体，这种精神主体给出了新的历史时间中的诗人形象。它意在呼唤一种精神的开端，这种新的精神开端也应该是历史的开端，以此来挽救已经堕落、衰败的历史。似乎不如此就不能看到历史的救赎的可能，也就永远看不到历史复活的可能。实际上，理想主义意味着一种对人类永恒价值的信念，并且以这种价值重新开始历史和个人生活，重

293·

新投入自然、人生和社会。

三、 风格调适

新世纪发生在知识分子诗人内部的有关浪漫主义与现代主义之争[24]，可以看做诗歌风格转换与自我调适的标志。风格调适背后是当代诗歌寻求更广大的社会和文化关联场域的表现，既意味着重新设置当代诗歌的社会动力，也意味着对当代诗歌的文化创造能力进行测试。此外，作为文学史现象的浪漫主义与启蒙运动以来的社会（政治）理念和文化价值的亲和性，使以现代主义为标志的当代诗歌相形失色。从浪漫主义到现代主义的转变，在某种程度上类似于鲍曼所谓的从立法者到阐释者的转变[25]，然而这种看法"舶来"后也犯了时代错乱的毛病，而对于当代诗歌性命攸关：如果当代诗歌满足于阐释者的身份而无法成为立法者，那么可能意味着当代诗歌的文化创造力和文化影响力始终有限。乍看起来，当代诗歌的文化精神仍然是浪漫主义，在一定程度上扮演着逆反者式的社会角色，而它的风格形式却是现代主义，在很大程度上却又消解或中和了前者的反叛性。浪漫主义的明朗精神似乎难敌现代主义的晦涩，却会最终突破后者的语言形式外壳。

目前，臧棣、王敖等诗人即表现出一种语言浪漫主义，这是相对于 20 世纪80 年代海子、骆一禾等诗人的理念浪漫主义而言的。语言浪漫主义最容易演变为对世界的象征主义态度，也就是说，将世界的秩序编入语言的秩序里。在 90 年代，臧棣虽然为写作的自由辩护，但作为策略，他还是提出了"历史的个人化"，以和他真正着迷的"语言的欢乐"相配[26]。实际上，臧棣的诗学从一开始就凭借语言哲学的后期成果，几乎一劳永逸地占据了现代语言观和书写观念的中心。臧棣的写作最近也在不断进行调整，可以说一直在对诗歌面对的文化政治压力进行减压、排解式的改写。这有利于他发现现代主义自身的前史，即现代主义对浪漫主义的抵制和发展。以臧棣的短诗《芹菜的琴丛书》为例："我用芹菜做了 / 一把琴，它也许是世界上 / 最瘦的琴。看上去同样很新鲜。"[27]通过谐音竟然幻化出一首诗，然而在对语言游戏的单纯信仰背后，却是对神秘的"自我"的追寻，语言崇拜之下隐藏着个性崇拜。"碧绿的琴弦，镇静如 / 你遇到了宇宙中最难的事情 / 但并不缺少线索。弹奏它时，我确信 / 你有一双手，不仅我没见过，/ 死神也没见过。"[28]语言本身成了对象（芹）甚至自我（手）身上的一层涂抹物，但在最好的情况下，可以唤醒我们对世界的感知。对语言的浪漫主义态度或对象征主义手法的汲取，意味着当代诗歌呈现新的世界观的努力。这就和 90 年代的叙事性区别开来，后者恰好最大程度地消解了意义和观念，以能够对生活的"实相"进行白描和实录。

作为一个深入参与 90 年代诗歌进程的诗人，臧棣最终却摘掉了叙事性的风格面具，他的案例也许可以说明 90 年代诗歌内部叙事对抒情的压抑。实际上，即使在 90 年代诗歌内部也并不缺少高"纯度"抒情诗人的存在，如张枣、朱朱、宋琳、蓝蓝、朱永良，他们理应获得更多的关注。更多年轻的抒情诗人在新世纪凸显了出来，如池凌云、杜涯、孙磊、陈家坪、朵渔、江离、胡桑等，抒情相对于叙事终于呈后来居上之势。对这一变化，无需以线性"进化论"的方式来铺张宣扬，我们更需要了解风格演变甚至各风格自身存在的理由。仅就眼前的历史而论，我们知道 90 年代文学文化也要抵抗后现代主义（抑或全球现代主义的不平衡）的压力。在文学的长时段历史中可以发现，抒情、叙事和戏剧作为三种风格类型而存在，实际上，在同一作品中三种风格可以彼此渗透共存并以最主要的一种风格类型来命名整个作品，"抒情式是最后的、可以达到的、一切诗作的底部……深处的丰盈，诗作由此发源，上升到戏剧式韵文的高处，超越这个高处诗作就无法继续下去，除非进入悲剧式或喜剧式的临界环境，在这个环境中，人，作为感性本质或精神本质，自己毁灭自己"[29]。这一发展是创造哲学或美学视野中的类型学发展，而非文学史的发展。

90 年代诗歌向叙事性或小说化的"僭越"有其原因。按照黑格尔的说法，小说是近代市民阶级也即现代资产阶级的史诗[30]。在现代世界，叙事也许是一个利用非诗意制造诗意的绝妙办法。这样的叙事自然不同于荷马史诗中的神话英雄的叙事，甚至也不同于资产阶级或无产阶级的个体英雄的叙事，而更多是对前面二者的消解和滑稽模仿。毕竟，诗歌无力像小说那样呈现一个人的完整命运及其性格发展，仿佛是在证实后极权—消费时代人类生活的卑微，诗歌中叙事的对象也陷入了一种无命运的命运。叙事仅仅是一种姿态：这种欲言又止恰恰成为抒情的准备。这样就不难理解，为何追求叙事性的 90 年代诗歌却反感叙事诗，也不产生叙事诗。关于叙事的最大误会可能是，在很多时候诗人将一种陈述性的语调当成了叙述。在更好的情况下，这种叙事应该隐没在诗歌的肌理里，抑或在具有戏剧性的诗中起到类似戏剧情节的作用。而在戏剧性的诗或诗剧不够成熟时，叙事仍然意在创造一个意象、一个象征，为抒情诗服务。在王炜的长诗《实践者》中，叙事的力量被融入了思辨当中，而在他的诗剧如《韩非与李斯》和《恩琴》里，作为对情节的提醒，叙事则起到了补充和完成"诗性对话"的作用。在张伟栋的动物诗系列中，有关动物的叙事被还原为陈述句并力图成为人类的寓言。

正如不少人意识到的那样，90 年代诗歌中的叙述实际上是一种伪叙述，这种叙述本质上只是抒情的姿态之一，"或者说它在本质上仍是一种诗性叙事，它摆脱了事件的单一性和完整性，不以讲故事、写人物为创作旨归，而是展示诗人瞬间的观察和体悟"[31]。除了对瞬间性的重视，叙事的另一个作用就是对意义和观念的疏离，因而造成反讽的精神与风格。这种反讽反过来抑制了瞬间有可能带来的神启及抒情深度。总的来说，反讽性陈述让中国诗人的目光紧盯着日常生活完成一种经验写作，从而使 90 年代诗歌获得一种中庸、中和的美学品格。在中国这样一个超越精神稀薄的社会，经验型写作从一开始就预示着也许只是能产生一些社会风俗诗，而（广义上的）政治抒情诗的产生则要依赖时代提供的机会。即使是一直若隐若现的"纯诗"要求，就如美国诗人沃伦对"纯"与"不纯"的对立的解构[32]，也只是帮助完成了 90 年代诗歌的文本形式建设，并没有以宗教或形而上学改造其题旨和内容的世俗性质。另一方面，由于怀疑论的犬儒主义盛行，90 年代诗歌也没有像东欧诗人那样寻求形而上学与政治的结合。90 年代诗歌更多像美国诗歌一样从生活经验当中提取写作材料。

在新世纪诗歌，尤其"70 后""80 后"诗人的创作中，我们可以看到对个人的精神探索与共同体生活的同等重视，对社会理念和人类价值的敏感性，与之相伴随则是新的抒情或智性抒情的回归，后者是新诗在不同的历史阶段一直呼唤的。对形而上学理念的追求蕴含着对理想自我的追求，而二者都受到历史生活的损害，如果不能在历史生活中得到充分实现的话。智性抒情对应了理智直观这一哲学难题，因而与浪漫主义有着极大关系，但这并非意味着新世纪诗歌会从现代主义直接转向浪漫主义，而更有可能会形成一种浪漫反讽的形态。从风格上讲，这是一种介于现代主义与浪漫主义之间的混合形态，现代主义的反讽面具节制了浪漫主义的过度感伤，而浪漫主义的激情又充实了现代主义的内核，"新诗是反讽的抒情诗……新诗的写作和历史，都可以被理解为反讽的体验和对精神自我的坚持"[33]。也许可以说，反讽只是抒情主体的反应之一，是抒情主体的自我克制，现时代的浪漫主义自我不得不做出如此调整，正如扎加耶夫斯基所说："只有激情才是我们文学建筑的第一块基石。反讽，当然不可或缺，但是只能是第二位的存在，反讽是诺尔维特（Norwid）称呼的'永远的微调（eternal finetuner）'；反讽更像是门洞和窗户，没有了它们我们的建筑不过是坚实的纪念碑，而非可以栖居的空间。反讽在我们的墙壁上敲打出有用的洞，但是如果没有墙，它只能在虚无里穿凿附会而已。"[34] 新世纪诗歌最大的希望就是对这种激情代表的理想主义精神的回归，以完成一种更高形态的智慧抒情风格。

注释：

[1] 杨四平：《公民意识、中产阶级立场写作与当代中国诗歌——兼与张清华、黄桂元商榷》，载《南方文坛》2011 年第 2 期。

[2] 钱文亮：《道德归罪与阶级符咒：反思近年来的诗歌批评》，载《江汉大学学报（人文科学版）》2007 年第 6 期。

[3] 欧阳江河的名作《89 后国内诗歌写作——本土气质、中年特征与知识分子身份》所宣称的"语境转换"其实是一种启发了后现代主义的"语言学转换"，臧棣的《后朦胧诗：作为一种写作的诗歌》以及张枣的《朝向语言风景的危险旅行——当代中国诗歌的元诗结构和写者姿态》也具有类似看法，只不过张枣很好地将后现代主义的识见融入了他的"元诗"理想。具体论述可参见拙作《"凝结成一个全体"：当代诗中的词与物——以欧阳江河〈凤凰〉为中心》，见《新诗评论》第 1 辑，北京大学出版社 2012 年版。

[4] 刘恪：《一种民间写作的立场》，载《中州大学学报》2014 年第 4 期。

[5] 参见《尼采谈自由与偏见》，石磊编译，天津社会科学院出版社 2014 年版，第 233 页。

[6] 刘东：《贱民的歌唱》，载《读书》2005 年第 12 期。

[7] 欧阳江河：《中产阶级的"二次革命"：从文化到结构》，载《绿叶》2009 年第 12 期。

[8] 杨键：《长江水》，《杨键诗选》，长江文艺出版社 2015 年版，第 166 页。

[9] 吴晓东：《生态主义的诗学与政治：李少君诗歌论》，载《南方文坛》2011 年第 3 期。

[10] 参见许纪霖《当代中国的启蒙与反启蒙》，社会科学文献出版社 2011 年版，第 16—27 页。

[11] 汪晖：《预言与危机：中国现代历史中的"五四"启蒙运动》上，载《文学评论》1989 年第 3 期。

[12] 林贤治：《喧闹而空寂的九十年代（下）》，载《西湖》2006 年第 6 期。

[13] 汉斯·约纳斯提问说："有没有第三条路可走呢？——既避开二元论的断裂，

又能留下充足的二元论洞见来维持人的人性——这是哲学所必需寻找的。"（汉斯·约纳斯：《诺斯替宗教——异乡神的信息与基督教的开端》，张新樟译，上海三联书店2006年版，第315页。）

[14] 欧阳江河：《凤凰》，中信出版集团2014年版，第70页。

[15] 陈先发：《养鹤问题》，《养鹤问题》，台湾秀威咨讯公司2015年版，第122页。

[16] 陈先发：《丹青见》，《写碑之心》，长江文艺出版社2011年版，第17页。

[17] 维特根斯坦：《哲学研究》，李步楼译，商务印书馆1996年版，第73页。

[18] 杨键：《生命之感通》，《深圳特区报》2014年9月10日。

[19] 周伟驰：《当代中国基督教诗歌及其思想史脉络》，《神学诗人十四诗人谈》，刘光耀主编，九州出版社2012年版，第17页。

[20] 桑克：《我为什么没有接受洗礼或者迈向洗礼之途的基督徒》，见诗生活网站桑克专栏，http://www.poemlife.com/showart-2390-1115.htm。

[21] 黎衡：《哀歌一种》，《圆环清晨》，阳光出版社2014年版，第20页。

[22] 黎衡：《哀歌一种》，《圆环清晨》，阳光出版社2014年版，第20页。

[23] 黎衡：《两周年的情书》，《圆环清晨》，阳光出版社2014年版，第47页。

[24] 这场争论涉及了从诗学到文化各个层面的问题，诸如中外浪漫主义诗人的身份建构和诗人形象、西方浪漫主义与现代思想尤其启蒙思想的关系、现代主义诗艺对浪漫主义诗艺的抵制与发展等，参见西川、王敖、姜涛等发表在海外《今天》《新诗评论》《当代诗》等刊物的文章。

[25] 鲍曼：《立法者与阐释者：论现代性、后现代性与知识分子》，洪涛译，上海人民出版社2000年版，尤其参见导论部分。

[26] 臧棣：《90年代诗歌：从情感转向意识》，载《郑州大学学报》1998年第1期。

[27] 臧棣：《芹菜的琴丛书》，《必要的天使》，中国青年出版社2015年版，第20页。

[28] 臧棣：《芹菜的琴丛书》，《必要的天使》，中国青年出版社，第20页。

[29] 埃米尔·施塔格尔：《诗学的基本概念》，胡其鼎译，中国社会科学出版社1992年版，第175页。

[30] 黑格尔：《美学》第3卷下，朱光潜译，商务印书馆1997年版，第167页。

[31] 罗振亚：《九十年代先锋诗歌的"叙事诗学"》，载《文学评论》2003年第2期。

[32] 罗伯特·潘·沃伦：《纯诗与非纯诗》，《新批评文集》，赵毅衡编选，百花文艺出版社2001年版，第176-208页。

[33] 王璞：《抒情的和反讽的：从穆旦说到"浪漫派的反讽"》，《新诗评论》2010年第2辑，北京大学出版社，第74页。

[34] 亚当·扎加耶夫斯基：《为激情一辩》，载《上海文化》2012 年第 4 期。

（选自《文艺研究》2016 年第 11 期，责任编辑：小羽。）

《伏翼》
谭毅
38cm×51cm
纸面粉笔
2017 年

临床与诊治：分野的现场与"诗人形象"

——2018 年春季诗歌读记

／ 霍俊明

　　这注定是一篇勉为其难的文章，近乎是某某钢铁厂的季度报表，而我越来越怀疑以一种"总结"的方式来面对一个时间段的诗歌现象——诗歌现场因为处于频繁的变动性结构而呈现出分野、并治的极端个人化状态，任何言之凿凿的定论都显得漏洞百出。雷平阳近期有一首诗叫《另一面》，在这首诗的结尾他写道"世界有另一面，世道也必有另一面"，那么就诗歌观察而言我想补充的正是诗歌和诗人同样有"另一面"，而且是多个的"另一面"——近乎是一个巨大球体的不同区域的点阵。但是，鉴于《诗收获》这本诗歌选本的创办宗旨——"它的旨趣在于广泛地观察和展现未来汉语新诗写作的一切炫目景观"——以及雷平阳和沉河二位兄长的鞭策，我也只能如履薄冰谈谈我对近期诗歌的观感。实际上这一观感并不会有什么微言大义，更不会是涉及什么炸弹一样的威力和社会轰动效应，同时也不是割裂的而是具有某种问题的延续性。

　　补充一句！2017 年湿热的夏天，我和雷平阳、沉河等在湖北黄梅东山的五祖寺相遇。此时雷平阳有些失眠，精神不振，随身的包里有一个日记本——手写体的灵魂。刊登在《滇池》2018 年第 1 期上的诗很多就出自这个本子。雷平阳一直保持着手写的习惯——多么老旧而执拗的写作者，这也许多少与处女座的某种"精神洁癖"有关吧！

1

阿甘本在《何谓同时代人？》中开篇追问的是"我们与谁以及与什么事物同属一个时代"。那么，今天这一疑问仍在继续。我们必须追问的是在"同时代""同时代性"或"一代人"的视野下一个诗人如何与其他的诗人区别开来？一个真正的写作者必须首先追问和弄清楚的是："同时代意味着什么？""我们与谁以及什么同属一个时代？"

我越来越对喧闹的自媒体平台失去了兴趣和信心，这样说并非意味着新媒体诗歌一无是处，也并非意味着传统纸媒多么纯粹和干净，而是各色庸俗写作者和伪劣诗人充斥诗坛且以吹捧、自嗨为乐。我们从来不缺乏对现实抒写的热情，但是谁能够发掘"隐藏在我们与世界联系的幻觉之下的深渊"（诺贝尔文学奖获得者石黑一雄获的颁奖词）呢？新媒体导致的诗歌无效阅读也许是前所未有的，尽管目前 AI、电子羊、仿生人、写诗机器人的讨论仍方兴未艾。由此，我对近期的诗歌的印象主要是来自于传统出版物。

1 月中旬，中国诗歌界引起轰动的是老诗人食指在某发布会上公开批评余秀华不关心现实、不关心国家，引发余秀华的反批评并在诗歌界引起广泛争论。由诗人对谁"说话"的问题我想到的是《清明》第 2 期的高兴、孔见、亚楠、李郁葱、李天靖、吴海歌、谷频、段若兮等几位诗人。就声音诗学而言诗人感受到了什么样的世界？是什么事物在发声？当诗人发声的时候是在和谁说话？由诗歌的声音出发，无论是面向自我的嘀咕、磋商、盘诘还是辐射向外的宣谕与指陈，自身并不存在高下和轻重之分，关键在于诗人如何通过这种声音建立有效的词语和情志世界。由这些诗人的嘀咕、自语、盘诘或宣谕，我们在词语和精神（珍珠与蚌）的磨砺中感受到了那些轻松或沉重的时刻。无论这是来自自然万物，还是来自内心以及骨缝，我们都在这些物理的声响、内心的声音、宗教般的音乐和词语的声音交错过程中领受到了另一种真实的不可或缺的音质——时间、存在、个体和词语之间的交互往返。艾略特曾经将诗歌的声音归为三类：诗人对自己或者不针对其他人的说话，诗人对听众说话，用假托的声音或借助戏剧性人物说话。这三种类型的声音在任何一个时代都会同时出现，只不过其中的一种声音会压过其他声音而成为主导性声源。具体到近年来的诗歌写作，自我言说和对公众说话几乎是等量齐观的。但是当意识形态、社会事件、焦点现实、新闻媒体和自媒体参与其中的时候最终被聚焦和放大并引起广泛关注的并不是那些"个人的声音",而恰恰是对公众说话的声音——这也是近日来食指批评余秀华的一个内在原因。

在近期的翻译中,黄灿然译介的 40 多万字的《希尼三十年文选 1971—2001》(浙江文艺出版社 2018 年 1 月版)格外值得注意,这对理解一个诗人的"当代诗学"提供了较为完备的档案,尤其是其中收录的希尼从未公开出版的文论和演讲。希尼是自 80 年代以来深入影响了当代汉语诗歌的重要诗人,他带有强烈诗人色彩的随笔和诗学文章——诗人批评家——更是对几代批评家产生了影响,这一影响将是长期的。也许,这正是诗性的正义,唯有伟大的诗人方能承担得起。实际上影响的焦虑或影响的剖析一直在陪伴着 100 年来的汉语新诗,这涉及中国本土诗人的形象建构和语言传统,影响的方式、效果、方向以及反作用和可能性等问题。《教我灵魂歌唱的大师》(人民文学出版社)是王家新对叶芝、奥登、希尼、茨维塔耶娃、曼德尔施塔姆、阿赫玛托娃、帕斯捷尔纳克、布罗茨基、里尔克、米沃什、扎加耶夫斯基、特朗斯特罗姆、洛尔迦等诗歌大师的一次整体性述评和回望。这似乎构成了现代汉诗不言自明的显性传统,但是诗人们似乎仍然羞于或不肯对那些影响了自己的汉语诗人和汉语诗歌传统说出赞美之词。正是注意到世界文学的格局以及愈益频繁的交互性影响,欧阳江河认为谈论"大时代的大作品"除了当代诗歌汉语内部语境之外还得借助于由翻译、出版、传播以及国外诗歌界同行、媒体批评等"他者眼光"构成的中间环节或中间机制。再次回到"全球"和"世界"视野,当代中国诗歌是何种面目呢?这几乎是所有中国本土诗人的期待和焦虑。尽管近年来国际诗歌交流活动趋于井喷状态,但是活动中的诗歌与文本中的诗歌是两回事。早在 1990 年宇文所安在《何为世界诗歌:全球影响的焦虑》一文中就诗歌语言的问题严厉批评了北岛诗歌的可译性,因为在他看来北岛的语言已经被一种想象的西方语言和世界性文化图景给同化了。在我收拾行装即将赶赴河北乡下老家过春节的时候,我收到荷兰的著名汉学家柯雷(Maghiel van Crevel)的一份关于当下中国诗歌的考察报告——Walk on the Wild Side: Snapshots of the Chinese Poetry Scene(《在野生的一侧行走——中国诗歌现场快照》)。2017 年在北京的时候,柯雷利用一切可能的机会考察了中国诗坛(或者用"诗歌江湖"一词更为准确),他参加了大大小小的诗歌活动,有些活动甚至令人瞠目。柯雷坦陈中国诗坛具有不可思议的活力。这个介入者和旁观者以其特有的跨文化视野呈现了包括民间诗歌、政治波普诗歌、独立出版、女性诗歌、先锋诗歌、底层诗歌和学院诗歌以及文学史制度等在内的中国诗坛复杂、多变、吊诡的一面。在北三环安贞桥附近的一个小餐馆里，柯雷和我以及沈浩波等人就中国当下的诗歌进行了长谈。我感受最深的是当下中国的各种诗歌活动和研讨会所缺乏的正是这种真正静下心来深入交流的耐心和热情。这是不是一种悖论——有活动无交流。

2

无论是普通读者还是诗歌从业者，似乎都期待着诗歌的新质和突变——比如近期各种刊物整体性和连续性地推出"90后"诗人和作家，我却想对这种积习的诗歌阅读期待浇浇冷水。这也并非是一以贯之的文学"进化论"在作祟，而是社会学阅读的积习所指，进而忽视了诗歌的内在规定性以及新质生成的复杂性和缓慢性——由此我想到的是石黑一雄小说中的"遗忘之雾"。当下诗歌显然已经成了庞然大物。诗歌人口和诗歌产量巨大到超乎想象，各种言论、行为、活动等现象花样翻新且层出不穷。诗歌活动化使得表层越来越受到关注，一定程度上诗歌的内质以及某种新质的缓慢发生和累积的过程被忽视。我们更为关注的是外部的活动、生产、传播、影响，而在很大程度上忽视了诗歌的自律性和内部特征。对诗歌运动和活动热潮的追赶已成不争的事实。现在诗人和评论者以及那些微媒体上火热的参与者们都似乎对回到诗歌自身的问题丧失了耐心，这样使得诗歌的讨论离本体越来越远，而诗歌则是真正意义上的"实验文本"和"片面诗意"。当然这并不意味着那些聚光灯一样被关注和强化的诗人的身份、命运和社会学意义上的话题对于理解这个时代的诗歌以及诗人命运没有裨益。诗歌本体的强调也并非是"纯诗"和封闭意义上，而是牵涉到诗歌场域的构成、变动和震荡、博弈。所以，我的建议是任何读者和评论者都应该静下心来读读那些诗之后再说话，比如《西部》第 1 期 "西部头题" 推出的 "90后" 诗歌专辑（余幼幼、曾曾、程川、马骥文、高短短、王二冬、蓝格子）、《诗歌月刊》第 1 期 "新青年" 推出彭然、彭杰、戴琳和孙念四个 "90后" 的诗作、《长江文艺》第 2 期（上）推出的余真《安静的果子》（14 首）——一切只能靠文本说话。《作品》第 1 期（上半月）的封二还为 "90后" 做了醒目的广告——《近似无止境的徒步》（《作品》· "90后" 文学大系·小说卷）和马晓康主编的《中国首部 90 后诗选》。关于 "90后" 一代人的诗歌状貌可以参看李海鹏的《确认责任、"晚期风格" 与历史意识—— "90后"

诗歌创作小识》（《诗刊》2月号上半月刊）。

  在春节前我收到了张执浩的《高原上的野花》（1990 — 2017 诗歌精选集，江苏凤凰文艺出版社 2017 年 12 月版）和谷禾的《坐一辆拖拉机去耶路撒冷》（江苏人民出版社 2018 年 3 月版）。多年来在阅读张执浩的过程中，感受最深的就是他前后两个时期差别巨大的诗歌风格，更为重要的是这种变化和差别具有诗学的重要性和有效性。如果对此进行概括的话我想到的是——"被词语找到的人"，一个"示弱者"的姿态。遥远之物、切近之物和冥想之物都在词语和精神的照彻中凸显出日常而又意味深长的细部纹理——来自日常的象征远比毫无凭依的精神冥想更为具体和可信。在张执浩近期的诗歌中，我沉浸时间最长的正是那些日常的细部以及诗人面向自我时的那种纠结。这也许是不彻底的诗、不纯然的诗，而我喜欢的就是这种不彻底的颗粒和毛茸茸的质感。这样的诗不是做出来的，而是身体和内心的某一个缝隙挤压或流泻出来的，因而这样的诗歌更可靠。谷禾在诗集代序《向杜甫致敬》中说出了多年来中国诗人应该说出的话，即一个诗人如何面对传统、诗歌精神以及当下生活，如何在语言中为自己立传。谷禾是一个并不轻松的写作者，他的语言自觉和伦理承担几乎是同时到来、相互砥砺的。这既是一份精神自传也是一份时代证词。谷禾既是一个取火者，又拨亮了那些灰烬，贯通了日常和内心的精神场域，尤其是对幽暗之物和权势经验保持了足够耐心的凝视与诘问。多年来他坚持做到了"后退的先锋主义者"，在后退和直面的双重姿态下激活和翻新了词语与日常和历史的关系。作为一个具备综合能力的写作者，谷禾以精神的动能完成"现实的诚实"和诗性正义，于人性和诗性的平衡中展现了忧愤、自省和隐忍视野下的心灵真实和社会真实。

  阅读近期的诗歌我注意到更多的诗人倾心于长诗和主题性组诗的写作，尤其是在"个体诗歌"和碎片化写作近乎失控的时代正需要重建某种整体感。就我的阅读观感，当下写作长诗的诗人并不在少数，但是一些长诗只是徒有其表，而更近于一首首诗的简单拼贴，而没有任何纵深的架构和整体可言。只有建立于个人"真实感"和语言"可信度"之上的写作才能像火炬接力一样传递和照亮给更多的人，这是对自我精神的维护，对生命内在意义的唤醒，哪怕更多的时候带给我们的是"收窄"的"紧缩"的悲欣交集的感受。就目力所及，近期值得关注和细读的长诗和主题性组诗主要有吉狄马加《大河——献给黄河》（《十月》第 1 期）、雷平阳《吴哥窟游记》《图书馆路上的遗产》（《广州文艺》第 1 期）以及《送流水》（《诗

歌月刊》第 1 期）、臧棣《我欠你一个伟大的哑巴入门》（《人民文学》第 1 期）、
庞培《我是萨蒂》（《扬子江诗刊》第 1 期）、叶舟《敦煌纪》（《人民文学》
第 2 期）、胡弦《沉香》（《花城》第 1 期）、龚学敏《三星堆》（《中国作家》
第 1 期）、谷禾《白纸黑字》（《诗潮》第 1 期）、蒋浩《秘密小径》（《诗刊》
1 月号下半月刊）、沉河《黄梅诗意》（《诗潮》第 2 期）、陶春《朝天门》（《山花》
第 2 期）、黑陶《在阁楼独听万物秘语——布鲁诺舒尔茨诗篇》（《扬子江诗刊》
第 1 期）、钱磊《虚构》（《山花》第 2 期）。《扬子江诗刊》第 1 期刊发了沈浩波、
霍俊明、颜炼军和王士强关于长诗的对话《当代"长诗"：现象、幻觉、可能性
及危机》，《绿风》第 1 期则发表了李笠关于阿尔丁夫·翼人的长诗《沉船》的专论。
写作长诗对于任何一个诗人而言都是一种近乎残酷的挑战，这是对语言、智性、
精神体量、想象力、感受力、判断力甚至包括体力、耐力、心力在内的一种最彻底、
最全面、最严酷的考验。我想补充的一点是个人性似乎在当下诗坛得到前所未有
的倚重，而诗人却很大程度上滥用了个人经验，自得、自恋、自嗨。个人成为圭臬，
整体性不复存在，取而代之的是一个个新鲜的碎片。个人比拼的时代正在降临，
千高原和块茎成为一个个诗人的个体目标，整体性、精神代际和思想谱系被取代。
在"个体诗歌"写作已经泛滥、失控的时代，亟须"总体诗人"和"总体诗歌"
的诞生。也就是说诗不只是"个体"之诗、"此刻之诗"、"片面之诗"，更应
该具有时空共时体和精神命运共同体意义上的总体之诗、整体之诗乃至人类之诗，
当然后者的建构是以个体、生命和存在为前提的。

3

更容易引起读者注意的是莫言，今年莫言在刊物上所发表的诗歌数量和频率
是他以往所没有过的，如《雨中漫步的猛虎》《哈佛的左脚》《我的浅薄》（《花
城》第 1 期）、《美丽的哈瓦那》《村里的诗》《奔跑中睡觉》（《作家》第 1 期）。
如果我在此谈论一个小说家的诗似乎有些不妥、不公，因为很容易导致那些专业
诗人和专业读者的不满。但是就莫言，我在下面会专门谈到一个小说家眼中的"诗
人形象"问题。

有时候我一直在自我提问（实际上是自我怀疑）——诗人尤其是中国诗人给
我们提供了什么样的精神生活和日常生活？批评家、小说家和公众所了解的诗人

形象是什么样子的？他们的诗歌在新诗一百年之际在国内或国外达到了一个什么样的水准？尤其是在当下诗歌"大师"林立（当然更多是自封的，以及小圈子追捧吆喝的）、"杰出诗人"遍地的时代。陈东东在《我们时代的诗人》（东方出版中心 2017 年 4 月版）中以细节史的方式刻画了 1980 年代以来几位重要当代诗人的精神形象，具体、可信。诗人形象更多是指向修辞化的诗人和文字物化的精神自我，而在现实生活和世俗人的眼中诗人的角色往往是窘迫、尴尬的，就如那只大鸟掉落在甲板上挪动摇晃着身体而被人嘲笑，它的翅膀拖着地面反而妨害了飞行。这让我想到了雷蒙德·卡佛的《学生的妻子》。这近乎就是日常景象中的诗人——自恋（那喀索斯的水仙）、热情，而旁人甚至最亲近的人则对他无动于衷。

小说需要塑造一个时代典型或非典型的精神肖像，很多小说家不约而同地想到了诗人。诗人，可能是天生具有某种缺陷的少数群体，而且这一缺陷会在某些时代和情境之下被放大甚至改写。格非的长篇小说《春尽江南》正是从 1989 年春天的"海子之死"来介入到小说所要处理的时代氛围的。阿贝尔的《火溪·某年夏》一开头也涉及 80 年代诗人形象的最典型的代表海子，"他卧轨的那年夏天，我坐在头年他坐过的沙发上，端着头年他端过的茶缸，第一次生出成都不好的感觉。"刘汀在《中国奇谭》的《换灵记》中写到了一个十五岁开始写诗的天才诗人雅阁（雅阁十五岁时醍醐灌顶，躺在稻田埂上，从乌云层层的空中落下了他有生以来的第一句诗，从此之后，不论吃饭、睡觉、走路，还是与别人聊天、插秧、收割，甚至是在吭哧吭哧拉大便的时候，都会有精彩绝伦的诗句从四面八方钻进他脑海里），但是在众人眼里（尤其是农村语境）"诗人"这一身份是如此古怪而不可理喻，"'这世界上竟然还有人写……诗……'老太太嘟囔说。"雅阁沉迷于诗歌世界而现实生活当中却屡屡挫败百无一用，后来进了火葬场负责火化炉的操作，这本身就更具有荒诞性和残酷性。而与另一个人换了灵魂远离了诗歌之后反而在社会和生活中获得了巨大的成功，但结局仍然是诗人在世俗生活面前的典型悲剧——自毁。

而在小说家所塑造的诗人形象中，《花城》2018 年第 1 期头条推出的莫言的新作，关于诗人的两篇小说《诗人金希普》《表弟宁赛叶》更具有典型性症候，更能体现出小说家在世俗意义对诗人的理解和判断。

在这两部小说中，莫言故意中国化了"金希普"和"宁赛叶"两个性格不同的诗人，二者在本质上都一览无遗、纤毫毕现地体现出"诗人"的恶习、神经官能症、精神分裂。也许莫言是最典型的。真的是诗人的现形记，曾经的新衣和光环早已不复存在，甚至被当众扒了个精光。当一个诗人，尤其是具有某种缺陷的诗人甚至是伪诗人出现在众人面前的时候，那是一种什么样的形象？莫言以他一贯狂欢化的语言方式对"诗人"金希普进行了戏剧化的描述和淋漓尽致的讽刺——虚荣、极度张扬、自恋，甚至在日常生活中是恬不知耻地行骗的人渣。

在众人的笑声中，他站起来，弓着腰说："今年一年，我在全国一百所大学做了巡回演讲，出版了五本诗集，并举办了三场诗歌朗诵会。我要掀起一个诗歌复兴高潮，让中国的诗歌走向世界。"我看到他送我的名片上赫然印着：普希金之后最伟大的诗人：金希普。下面，还有一些吓人的头衔。

至于金希普当众所写的"馒头诗"，不只是从诗歌内部来说是一首十足的口语诗、打油诗，而且这非常符合中国普通读者对当代中国诗歌的认识——油滑、段子而近乎扯淡。这自然会让人联想到前些年热议的"梨花体""乌青体"——"大馒头大馒头，洁白的大馒头，芬芳的大馒头，用老面引子发起来的大馒头，家乡土地生长出来的大馒头，俄罗斯总统一次吃两个的大馒头，象征着纯洁的大馒头，形状像十二斤重的西瓜拦腰切开的大馒头，远离家乡的游子啊，一见馒头双泪流"。《表弟宁赛叶》中宁赛叶自以为超越了莫言《红高粱》的《黑白驴》更是让人啼笑皆非，"诗人"的自恋、自嗨、狂妄甚至到了无知的地步，因而如此滑稽——"本报即将连载著名作家莫言的表弟宁赛叶的小说《黑白驴》！这是一部超越了《红楼梦》一千多米的旷世杰作！每份五元，欢迎订阅！"我的忧虑倒不是别的，而是觉得以莫言的文学影响力，他对"诗人"的刻画仍会产生某种强烈的公众效应，并进而形成或加固对诗人的刻板印象，这与赞美或批评诗人不是同一个层面的问题。诗人似乎又是社会中最为无用的人，又对一切充满了不满甚至偏见，比如宁赛叶对刊物、编辑、小说家、网络、商人、工厂、体制等等的不满就是典型。作为小说的虚构性，小说家基于自己的理解或社会印象所建立起来的"诗人"形象不管是多么不堪，都必然具有小说家伦理的合理性，这是无可厚非的。但是莫言在极力批评金希普和宁赛叶的时候并不单单是以小说家的身份，甚至在阅读体验中我们会认为这两个倒置的"诗人"形象——以小丑的形象反衬出普希金和叶赛宁伟大诗人——并非完全是虚构的，而会认为带有现实的影子和本事的成分，因为莫言在叙述和虚构的过程中是通过"莫言"的见证人的身份来现身说法予以旁证的。无论是宁赛叶对莫言《红高粱》的批评还是以莫言视角的评说都使得这两个诗人被某种程度上认为来自现实，"前不久，我去济南观看根据我的小说改编的歌剧《檀香刑》，入场时遇到了金希普"，"屋子里乌烟瘴气，遍地烟头。桌子上杯盘狼藉，桌子下一堆空酒瓶子。我一进门，宁赛叶就说：莫言同志，你有什么了不起？我忙说我没什么了不起，但我没得罪你们啊！他说：你写出了《红高粱》，骄傲了吧，目中无人了吧？尾巴翘到天上去了吧？但是，我们根本瞧不起你，我们要超过你，我们要让你黯然失色"。

最后说几句多余的话！

翻看《青春》（第 1 期 /A）的时候我略过了那些诗歌，而是读完了周公度的小说《梦露诗选》。诗人的小说与小说家笔下的诗人，刚好形成了呼应或对抗。我格外注意到的是题记中的那句话："献给你、你们——亲爱的伪君子，失意的中年佬，自负的蠢货。"

说到诗人的生活不能不谈到饮酒，诸君如果对此感兴趣的话，可以读读梁平的《可以拿酒说事》（《绿风》2018 年第 1 期）。

如果对诗论感兴趣的话，今年 1 月份再版的欧阳江河的《站在虚构这边》（四川文艺出版社）值得一读或重读！

刊物需要与时俱进，仅举一例。《江南诗》从今年第 1 期开始推出"诗 + 歌"栏目，每期推两位诗人的作品，再经过编曲和演唱成为"歌诗"，通过扫描诗歌下面的二维码即可欣赏歌曲（链接是喜马拉雅 FM）。

图书在版编目（ＣＩＰ）数据

诗收获.2018 年春之卷/ 雷平阳，李少君主编. --
武汉：长江文艺出版社， 2018.3
ISBN 978-7-5702-0293-5

Ⅰ．①诗… Ⅱ．①雷…②李… Ⅲ．①诗集－中国－
当代　Ⅳ．①I227

中国版本图书馆 CIP 数据核字(2018)第 052878 号

策　　划：沉　河
责任编辑：谈　骁　　　　　　　　　责任校对：陈　琪
装帧设计：马　滨　　　　　　　　　责任印制：邱　莉　　王光兴

出版：　

地址：武汉市雄楚大街 268 号　　　邮编：430070
发行：长江文艺出版社
电话：027—87679360
http://www.cjlap.com
印刷：武汉市福成启铭彩色包装印刷有限公司

开本：720 毫米×1020 毫米　　1/16　　印张：19.75
版次：2018 年 3 月第 1 版　　　2018 年 3 月第 1 次印刷
行数：8500 行

定价：39.00 元